패션 만드는 사람

Passion in Fashion

김도훈 김현성 어야경 이민경 김참새

진풍경

패션 만드는 사람

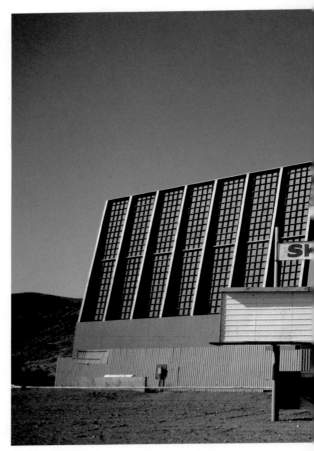

©김현성

자신이 아름답다 여기는 일을
지속하고 싶은 사람에게

ⓒ김현성

contents

Seoul

김도훈

Out of Style　　　　　김현성

Design

오유경

Time

이민경

Artistic Passion　　　김참새

FASHION

Seoul

김도훈

서울
간지

서울은 옷을 잘 입는다. 항상 그랬던 것은 아니다. 갑자기 모두가 옷을 잘 입기 시작했다. 한국인은 어떻게 봐도 옷을 잘 입는 사람들은 아니었다. 10여 년 전 유명한 스트리트 패션 사이트 '사토리얼리스트'의 스콧 슈먼이 한 국산 브랜드 초청으로 한국에 방문했을 때를 기억한다. 나는 당시 남성 패션 잡지에서 일하고 있었다. 한국의 옷 잘 입는 사람들 사진이 얼마나 많이 사토리얼리스트에 올라올지 꽤 기대를 했다. 기대는 어긋났다. 스콧 슈먼은 겨우 서너 명의 사진을 찍어 올리고는 미국으로 돌아갔다. 풍문에 따르면 그는 한겨울 서울의 거리에서 비상할 정도로 옷을 잘 입는 사람을 별로 발견하지 못했다고 한다. 그래서 그는 브랜드가 연결해 준 것이 틀림없는 공인된 패셔니스타들의 사진 몇 장만 올리고는 돌아갔다.

어쩔 도리 없는 일이다. 10년 전 서울의 패션은 그리 다양하지는 못했다. 계절의 탓도 있었다. 서울의 한겨울 기온은 영하 10도 아래까지 내려간다. 스콧 슈먼이 한국을 방문한 해의 겨울은 유독 지독했다. 한 시간 일을 하면 10분은 담배 시간을 가져야 하는 유서 깊은 애연가인 나로서도 담배를 끊는 것이 어떨까 고민을 했을 정도다. 그 겨울 나의 선택은 패딩이었다. 아무리 패션 잡지에 다니기로서니 코트를 입고 벌벌 떨면서 출근을 할 수는 없었다. 몽클레르 패딩은 쉬운 선택이었다. 용서받을 수 있는 출근 룩이었다. 그 겨울에는 모두가 패딩을 입었다. 그러니 우리 한 번 스콧 슈먼의 마음을 상상해 보자. 그는 도산대로를 2킬로미터 정도 걷다가 성마른 칼바람에 좌절한 채 카메라를 집어던지고 싶었을 지도 모른다. "이놈의 얼어 죽을 패딩! 얼어 죽을 패딩! 얼어 죽을 패딩!"을 외치면서 말이다.

나는 패션에 있어서라면 항상 일본을 경외했다. 이미 80년대부터 전 세계 런웨이를 장악한 개성이 강한 일본 브랜드를 사랑했다. 꼼데가르송과 요지 야마모토와 언더커버의 옷을 내가 얼마나 많이 갖고 있는지는 오직 이삿짐센터 직원들만 알고 있을 것이다. 내가 누군가에게 "오랜만에 도쿄에 갔다올 예정이야"라고 말한다면 그건 '쇼핑을 하러 간다'는 의미였다. 내가 오로지 하이엔드 패션 브랜드의 옷만을 구입하러 도쿄에 간 것은 아니었다. 당시 나는 30대였다. 잡지 기자였다. 한국 30대 잡지 기자 연봉으로는 하이엔드 브랜드만 구입할 수 있는 호기를 절대 부릴 수 없다. 꼼데가르송 옴므플러스의 코트 한 벌만 사도 월급은 말끔히 통장에서 사라진다.

도쿄에는 하이엔드 브랜드만 있는 것이 아니었다. 유니클로와 꼼데가르송 사이의 선택지들이 있었다. 다양하게 있었다. 나는 곧 야에카, 소프넷, 나나미카 같은 스트리트 브랜드들을 발견했다. 해외에는 크게 알려지지 않은 그 브랜드들은 30대의 연봉이 너그럽게 허락하는 근사한 사치재였다. 무엇보다도 도쿄에는 유나이티드 애로우즈와 빔스와 쉽스가 있었다. 그들은 편집숍인 동시에 브랜드로서 거의 모든 베이식한 아이템과 패셔너블한 아이템을 합리적인 가격에 팔았다. 여름이 오기 전에 나는 도쿄에 가서 그들이 항상 내놓는 세 벌 한 묶음짜리 하얀 티셔츠를 있는 대로 쓸어오곤 했다. 다양한 재질과 핏의 하얀 티셔츠를 왜 서울에서는 쉬이 찾을 수 없는 걸까, 이러니 일본 사람들이 옷을 잘 입는 것이라고 한탄하면서 말이다.

하지만 2010년대 초반은 한국에서 패션 잡지를 다니기에 가장 즐거운 시기이기도 했다. 한국 브랜드의 어떤 잠재력이 마침내 폭발하던 시기였다. 서울 패션위크는 갈수록 붐볐다. 새로운 브랜드가 매년 등장했다. 나는 패션 에디터가 아닌 피처 에디터였지만 꼬박 꼬박 서울 패션위크에 갔다. 옷도 옷이지만 사람 구경하는 재미가 있었다. 패션위크를 구경하러 온 젊은 친구들이 버스에서 우르르 내리는 광경은 가히 압도적인 스펙터클이었다. 그들은 이미 버스 안에서부터 재킷을 어깨에 걸치고 있었다. 그런 차림이 흔들리는 버스 안에 서 있기 얼마나 불편한가를 생각해 본다면, 그것은 패션을 위한 자기희생에 가까운 행위라고 불러도 좋을 것이다. 아니다. 나는 지금 비웃고 있는 것이 아니다. 서울에서 '패션'이라는 것이 마침내 '사치'나 '겉치레'라는 오랜 비판의 단어를 누그러뜨리며 꽃피기 시작한 시기를 아름답게 회상하고 있는 것이다. 원래 꽃이 피기 시작하는 시기에는 모든 게 조금은 서툴 수밖에 없다.

얼마 전 오랜만에 홍대에 갔다. 저녁에 수트를 입어야 하는 행사가 하나 생겼는데 도저히 맞는 수트가 없었다. 지난 2년간 20킬로그램이나 몸무게가 불었다. 코로나 팬데믹이라 딱히 나갈 일이 없으니 새 옷도 딱히 사질 않은 상태였다. 당장 수트를 사야하는데 어디로 가야할지 난감했다. 불현듯 머릿속에서 단어가 하나 떠올랐다. 무신사 스탠다드. 스탠다드라는 이름이 있으니 수트도 당연히 있을 것이다. 나는 택시를 타고 홍대 무신사 스탠다드 매장으로 달려갔다. 거기에는 허리가 유난히 길고 다리가 짧은 한국인, 아니, 나 같은 구식 한국인 체형을 가진 남자에게도 딱 맞는 수트가 가득했다. 나는 쾌재를 불렀다. 매장을 돌아보니 옷을 잘 입은 2030세대

친구들이 놀랄 정도로 많았다. 트렌드가 있었다. 개성도 있었다. 나는 그들이 입고 있는 대부분의 옷이 한국 스트리트 브랜드의 제품이라는 걸 곧 깨달았다.

지난 10년간 한국의 스트리트 패션 시장은 베수비오 화산처럼 폭발했다. 나는 몇몇 한국 스트리트 브랜드들이 인터넷을 시작으로 점점 덩치를 키워가던 시절을 기억한다. 무신사라는 플랫폼이 놀랄 정도로 빠르게 성장하던 시절을 기억한다. 조금 불평을 했던 것도 같다. 많은 브랜드들은 그래픽이 있는 티셔츠와 스웨트셔츠만을 매 시즌 생산했다. 가장 기본적인 흰 티셔츠나 십수 년은 입을 수 있을 만큼 잘 건축된 재킷 같은 것을 만드는 브랜드는 별로 없었다. 많은 제품들의 디자인에서 해외 하이엔드 브랜드의 냄새가 지나치게 나는 것도 의심스러웠다. 솔직히 말하자. 나는 꽤 강건한 패션 사대주의자였다. 서울 패션이 도쿄 패션을 넘어서는 일은 좀처럼 벌어지지 않을 거라 확신했다. 모든 것이 그렇듯이 나의 확신은 대게 어긋나는 편이다. 10년을 버틴 한국 스트리트 브랜드들은 카피와 오리지널의 경계를 넘어서서 마침내 자신만의 개성을 만들어내고 있다.

요즘 나는 한국 독립 브랜드의 옷을 꽤 자주 구입한다. 가장 베이식한 아이템에만 집중하는 브랜드도 꽤 많다. 포터리(Pottery)가 대표

적이다. 이런 브랜드는 10년 전이라면 살아남을 수조차 없었을 것
이다. 나는 홍대에 있는 포터리 플래그십 스토어에서 그들이 만든
재킷을 처음 입었던 날을 기억한다. 오랫동안 옷장에 걸어놓고 입
을 수 있는, 제대로 만들어진 재킷이었다. 언더마이카, 포스트 아
카이브 팩션, 아더에러처럼 개성이 뚜렷한 브랜드도 있다. 10년 전
도쿄에서 나는 '한국에도 이런 브랜드와 이런 매장과 이런 소비자
가 있다면 얼마나 좋을까' 한탄했다. 나는 더는 한탄하지 않는다.
서울은 이제 그런 브랜드와 그런 매장과 그런 소비자로 넘친다. 그
러니 나는 스콧 슈먼이 꼭 다시 카메라를 들고 서울을 방문하기를
바란다. 이번에는 몇 달간 웹사이트를 채울 수 있을 만큼 충분한 사
진을 찍을 수 있을 것이다.

물론 당신은 묻고 싶을 것이다. 그렇다면 우리에게 '서울의 패션'이
라고 명확하게 말할 수 있는 것이 있나. 나는 가끔 길거리에서 옷을
잘 입은 사람들의 사진을 찍어 '#서울간지'라는 태그를 붙여서 올리
곤 한다. 나는 아직 서울 간지가 뭔지는 잘 모르겠다. 솔직히 지금
서울의 새로운 브랜드들이 하는 일은 어느 정도는 국제적인 트렌
드의 변용에 머무른다고 할 수도 있을 것이다. 카니예 웨스트의 이
지(Yeezy)가 등장하자 모든 한국 브랜드는 압도적으로 거대한 오버
사이즈 후드를 패턴만 약간 바꾼 채 쏟아내기 시작했다. 고프코어
가 유행하자 거리는 등산복을 입은 젊은이들로 가득 차기 시작했

다. 지금 고프코어 룩이라고 브랜드들이 내놓은 지나치게 가격이 높은 옷은 코오롱 스포츠와 딱히 다를 건 없다. 동묘에 가면 3만 원 정도에 근사한 고프코어 룩을 실현할 수도 있다.

가만 생각해 보니 이 모든 것은 매우 서울스럽다. 오버사이즈 유행은 대체로 몸매가 썩 그럴듯하지 못한 데다 게으르기까지 한, 나 같은 '운동부족인들'에게 더없이 완벽하다. 고프코어 룩이 금방 사라지지 않는 이유? 세상 어느 대도시도 서울처럼 등산하기 쉬운 곳은 없다. 고프코어 룩을 하고 인왕산을 오른 뒤 성수동의 힙한 라운지 바에서 칵테일을 마실 수도 있다. 나는 외국 여행을 갈 때마다 찬란한 색감의 등산복을 입고 옹기종기 모여 깃발을 따라가는 한국 중년 관광객들을 약간 부끄러워했다만, 아니 잠깐. 세상에 한국 등산복만큼 여행에 적합한 옷이 어디 있단 말인가. 온갖 교회와 성당 건물을 하루에 네댓 군데씩 돌아다니기에 등산복은 압도적으로 완벽한 옷이다. 땀은 금방 배출되지. 가볍게 손세탁하면 금방 마르지. 그러니 이 글은 결국 최고의 서울 간지를 이르게 확립한 세대에 바치는 일종의 사과문으로 마무리하는 것이 가장 현명할 것이다. 결국 서울 간지는 서울에 가장 어울리는 스타일로서 완성되어야 마땅한 것이다.

빈티지
패션의

시대

나도 여러분처럼 당근을 한다. 처음 당근으로 판 물건 중 하나는 일본 브랜드 언더커버(Undercover)의 팔찌다. 거래 장소에 나갔더니 Y2K 패션의 현신이 나와 있었다. 그 친구는 팔찌를 둘러보며 말했다. "이거 요즘 안 나오는 디자인이잖아요." 나는 특이한 팔찌 수집가다. 좀처럼 찰 수 없을 디자인도 눈에 들어오는 순간 사지 않을 도리가 없는 인간이다. 나의 특이한 팔찌 컬렉션을 이해하는 사람이라면 공짜로 넘겨도 행복할 수 있다. 아니다. 공짜로 넘기는 게 행복할 수는 없다. 다만, 가치를 알아보는 사람에게 철저하게 제값에 넘기는 것도 행복한 일은 아니다. 그러니까 그 자리는, 과장해서 말하자면 빈티지광의 세대 교체식 같은 것이었다고 해두자.

나는 빈티지를 좋아한다. 빈티지 맛을 처음 접한 건 1990년대 후반

캐나다에서였다. 한국 아이들은 일본 아이들과 쉽게 친해졌다. 나는 몇몇 일본 아이들과 밴쿠버에서 가장 큰 빈티지 옷가게에 갔다. 당시의 나는 빈티지 옷가게라는 존재 자체가 익숙하지 않았다. 일본 친구들은 컬럼비아니 파타고니아니 하는 브랜드의 빈티지들을 고르며 기뻐했다. 나는 가게의 옷 냄새가 역하다고 생각하며 빨리 거길 벗어나 갭(GAP) 매장에 갈 생각으로 가득했다. 바보 같은 것. 내가 타임머신에 탑승한다면 그 시간 그 가게로 돌아가 온갖 보물 같은 아웃도어 빈티지들을 잔뜩 사서 돌아올 것이다. 요즘 그것들이 거래되는 가격을 생각하면 한몫 잡을 기회다. 타임머신을 타고 그 따위 야망밖에 품지 못하냐고 묻는다면 할 말은 없다만.

서구와 일본에서는 이미 꽤 거대한 시장이던 빈티지 거래 문화가 한국에서도 본격적으로 시작된다는 느낌을 받은 건 겨우 지난 몇 년이다. 빈티지 가게는 어디에나 있었다. 빈티지 쇼핑몰도 어디에나 있었다. 대부분 한국 빈티지 가게들이 다루는 건 빈티지라기보다는 '중고'였다.

여기서 아주 간단하게 정의를 좀 내리고 가자. 중고는 중고다. 쓰던 물건이다. 빈티지도 중고다. 빈티지라는 단어가 붙을 때는 해당 중고 물건이 시대를 뛰어넘는 값어치가 있을 때다. 그건 샤넬 백일 수도 있고 누군가에게는 1980년대 대학 하키팀 스웨트셔츠일 수도 있다. 나는 몇 년 전, 라프 시몬스의 2002년도 후디 따위를 100만

원 가까운 가격에 구입했다. 그 시절 사람들은 "그 너덜너덜한 후디를 100만 원에 샀냐"며 의아해했다. 지금 그 후디 가격은 500만 원을 넘어가니 결과적으로는 나의 승리다.

지난 몇 년간 한국의 중고 명품 시장은 변했다. 인식도 변했다. 나는 이 변화가 당근마켓에서부터 시작되었다고 생각한다. 우리는 근처 사는 사람이 무엇을 입고 있는지, 무엇을 갖고 있는지에 대해 별 관심이 없었다. 당근마켓이 등장하자 모두가 깨달았다. 공덕동, 아현동이라는 협소한 지역에서도 검색창에 '에르메스'를 치면 리스트가 끝없이 이어진다는 사실을 말이다. 우리 모두 명품을 갖고 있었다. 우리 모두 팔고 싶은 명품을 갖고 있었다. 나는 빈티지 가게에 발도 들이지 않던 친구가 당근마켓으로 지난 시즌 구찌 반바지를 사는 걸 보고 확실히 깨달았다. 드디어 내가 바라던 빈티지 시장이 시작되었다는 깨달음이었다.

심지어 빈티지 패션 시장은 점점 세분화되고 있다. 빈티지 패션광(그러니까 나 말이다)의 하루를 생각해 보자. 나는 대개 당근마켓 알람으로 눈을 뜬다. 검색어에 넣어둔 브랜드 제품을 돌아본 뒤 중고거래 앱 '번개장터'를 연다. 당근마켓과 달리 전국 모든 사람과 거래할 수 있는 앱이다. 패션에만 집중하고 싶을 때는 후루츠패밀리(Fruitsfamily) 앱에 접속한다. 구하기 힘든 디자이너들의 빈티지가

많이 올라오는 앱이다. 그리고 좋아하는 오프라인 빈티지 가게들의 인스타그램을 확인한다. 만약 당신이 날이 선 일본 디자이너들을 좋아한다면 홍대에 있는 '가버먼트 서울'에 가면 된다. 더는 헬무트 랭의 1990년대 아카이브 아이템을 구입하기 위해 1년에 한 번 도쿄나 베를린에 갈 필요도 없다. 숨어있던 빈티지 패션광들에게 지금은 역사상 가장 만족스러운 시기다.

나는 빈티지 명품 거래 시대가 열린 데는 지금 패션 브랜드들의 새롭고 느슨한 전략도 한몫하고 있다고 주장할 생각이다. 브랜드에 시즌이라는 것이 거의 사라졌다. 크리에이티브 디렉터들은 매 시즌 새로운 영감을 받았다고 하지만 지난 시즌과 크게 다를 바 없는 옷만 계속 내놓고 있다. 시즌별 특징이 희미해지면서 제품 사용 주기도 짧아졌다. 이제 명품은 오래 소유하는 것도 아니다. 한번 경험해 보고 다시 팔 수도 있는 것이다. 특히 MZ세대(나도 이놈의 명칭이 지겹다. 하지만 찾을 수 있는 자료가 다 MZ세대를 뭉뚱그린 자료들이니 나도 어쩔 도리가 없다)는 소유보다 경험을 더 중시한다고 한다. 한 일간지 자료에 따르면 실제로 2030 중고 명품 고객 절반이 1년도 채 되지 않아 중고 시장에 제품을 내놓는다. 명품은 보다 럭셔리한 H&M에 가까워졌다. 스태티스타의 조사에 따르면 2018년 전 세계 명품 소비자의 36퍼센트가 MZ세대였다. 2025년에는 58퍼센트까지 높아질 것으로 예상된다.

명품을 갖고 싶어 하는 사람은 많아졌는데 주머니 사정은 더 힘들어졌다. 팬데믹과 전쟁에 따른 전 세계적 인플레이션, 금리 인상으로 모든 것이 올라갔다. 명품은 더 비싸졌다. 샤넬 백은 2019년보다 두 배나 올랐다. 그런데 가만 생각해 보라. 새 샤넬 백을 사야 하나? 클래식 샤넬 백의 디자인은 어차피 많이 바뀌지도 않는다. 당근마켓만 검색해도 샤넬 백이 끝없이 이어진다. 게다가 겨우 몇 년만에 당신은 "이 샤넬 백 당근에서 샀어"라고 말해도 딱히 민망하지 않은 시대를 맞이했다. 예전이라면 "걔 그거 중고로 샀다면서?"라는 뒷담화가 나왔을 것이다. (세상에는 그런 뒷담화하는 사람들이 여전히 있다.) 롤렉스는 이런 흐름에 올라탔다. 자사의 중고 시계를 공식적으로 재판매하겠다는 계획을 발표했다. 어차피 중고를 사고팔 거면, 인증된 곳에서 하라는 이야기다.

인식이 바뀌고 시장이 열리면 더 큰 시장이 달려든다. 지난해부터 백화점들이 갑자기 신대륙이라도 발견한 듯 중고 매장을 유치하기 시작했다. 나도 몇몇 매장에 가봤다.

그리고 깨달았다. 역시 백화점이 힙할 수는 없는 일이다. 럭셔리 브랜드의 안 팔릴 것 같은 제품들을 쌓아둔다고 백화점 1층이 갑자기 MZ세대 놀이터가 될 리는 없다. 우리가 백화점을 가는 큰 이유 중 하나는 경험이다. 가장 압도적인 백화점 경험은 바스락거리는 새 쇼핑백에 새 제품을 넣고 점원의 인사를 받으며 매장을 나서는 것이다. 백화점은 거기에 더 집중하시라. 갑자기 임원 중에 힙스터라도 들어온 양 당근마켓과 대결하겠다고 나서지는 마시라. 여러분은 결국 실패할 것이다. 물론 라프 시몬스의 2002년 컬렉션이 어떤 가치가 있는지 아는 사람을 고용한다면 사정은 달라질 수도 있다. 아니다. 이건 나를 고용하라는 협박은 결코 아니다.

김도훈

Seoul

빌어먹을
패션

빌어먹을 패션은 대체 무엇인가. 나는 왜 이다지도 옷을 좋아하는, 아니다. 이다지도 옷에 집착하는 인간으로 성장한 것인가. 나는 항상 그 해답을 찾아내고 싶었다. 가만 생각해 보니 이것은 어머니의 영향인 것 같기도 하다. 어머니는 당신 이름이 내가 쓰는 칼럼이나 책에 등장하는 걸 그리 좋아하지는 않으신다. 아니다. 은근히 좋아하시는 걸 수도 있다. 전화로 "동네 사람들도 읽으니까 제발 나 좀 등장시키지 마라"고 하신 뒤 꼭 "글 잘 읽었어 우리 아들"이라는 말을 덧붙이는 걸 보니 아주 싫어하시는 것 같지는 않다. 어쨌든 마산 출신 함안 조씨 조애자 씨는 여기서도 다시 등장해야만 할 것 같다.

어머니는 옷을 잘 입었다. 20대 초반에 나를 낳은 탓에 내 기억 속 어머니는 아주 젊었다. 마산에는 가포 유원지라는 해변 휴양지가

있다. 휴양지라고 말하기는 좀 부끄럽다. 70년대와 80년대 마산항은 전국에서 수질이 가장 나쁘기로 유명했다. 수출 자유 지역 같은 큰 공장 지대에서 흘러나온 폐수가 그대로 바다로 들어갔다. 바다 근처에서 태어난 나에게 바다란 고인 썩은 물이었다. 바다가 깨끗하다는 사실을 알게 된 건 남해안 해수욕장에 처음 놀러 가서였다. 하여튼 당대 마산은 외국 수출하는 운동화 같은 것을 OEM(주문자 상표 부착 생산)으로 만들던 도시였다. 나름 패션의 도시였던 셈이다. 뭐, 그게 마산 사는 사람들의 스타일을 타 도시 사람들보다 더 끌어올렸다는 이야기는 아니다. 물론 수출 자유 지역에서 몰래 빼낸 최신 패션 아이템이 사람들 사이에 돌긴 했을 것이다.

가포 유원지에 놀러 갈 때마다 어머니는 한껏 차려입으셨다. 하얀색 수트를 아래위로 입은 모습은 아직도 선명하다. 내가 그걸 기억하는 것인지 사진으로 본 모습이 두뇌에 박혀버린 것인지는 정확하게 모르겠다. 어쨌든 1980년대 초 하얀 수트 차림을 한 20대 여자가 패션에 관심이 없었을 리는 없다. 그 사진에서 나는 아래위 모두 데님을 입은 청청 패션을 하고 있다. 어머니는 당신의 스타일뿐 아니라 아들 스타일에도 대단한 신경을 기울이는 여자였던 것이다. 그래서 나는 당대 옷 좀 입는 애들만 입는다는 김민재 아동복이나 부르뎅 아동복 같은 걸 입고 국민학교에 갔다. 아니, 초등학교 말이다. 맞다. 나는 스타일에서 있어서라면 이미 10대가 되기 전부터 좀 뻐기는, 기분 나쁜 애였다.

고등학교 들어가서 나는 좀 더 뻐기는, 좀 더 기분 나쁜 애가 되었다. 1990년대는 디자이너 브랜드가 학생들의 지갑으로 침투해 한 달 용돈 살림을 거덜나게 만들기 시작한 시절이었다. 당연히 나는 게스와 캘빈 클라인, 마리떼 프랑소아 저버 청바지를 샀다. 그걸 한 사이즈 큰 교복 바지 안에 입고 학교에 갔다. 종이 치는 순간 나는 일단의 옷 좀 입는다고 뻐기는 기분 나쁜 아이들 무리와 함께 교복 바지를 벗고 청바지 차림으로 교문을 뛰어 나섰다. 내 엉덩이의 역삼각형 로고를 보라지. 어머니는 내 옷장 안에 쌓이는 청바지가 참고서 살 돈과 맞바꾼 나의 은밀한 자존심이라는 사실을 몰랐다. 아니다. 분명 아셨을 것이다. 어머니들은 모르는 게 없다. 당신의 사춘기 시절 은밀한 비밀도 이미 다 알고 계신다. 어머니의 촉은 정말이지 위대하다.

내가 본격적으로 영혼을 패션에 판 순간을 아직도 기억한다. 취업 2년 후 첫 메종 마르지엘라의 가죽 재킷을 산 순간이었다. 한 달 월급을 통째로 갖다 바친 그 재킷에 왼팔을 처음으로 집어넣은 순간은 아직도 잊을 수가 없다. 영화 〈악마는 프라다를 입는다〉에서 비서 에밀리가 주인공 앤디에게 이렇게 말한다. "네가 지미추 구두에 발을 집어넣은 순간 너는 영혼을 판 거야." 그랬다. 내가 마르지

홍자람

Seoul

엘라 재킷에 팔을 집어넣은 순간 나는 영혼을 팔았다. 명품, 아니다, 좀 더 세련된 말로 하자. 디자이너 브랜드에 영혼을 완벽하게 팔아치우고 말았다. 그래서 지금 내 집, 방 세 개에 있는 옷장 모두가 온갖 디자이너 브랜드 옷으로 가득한 쇼룸이 되고 만 것이다. 하루는 내가 가진 옷의 가격을 모두 합산해 보겠다는 만용을 부리다 포기했다. 그것들을 사지 않았다면 나는 지금 아마도 강남의 오래된 빌라 한 채 정도는 보유하고 있을 것이 틀림없다. 아, 이 글을 어머니가 읽는다면 얼마나 역정을 낼까를 상상해 보니 이 글을 멈추어야만 할 것 같다. 아니다. 이미 그녀도 알고 있다. 어머니들은 모르는 게 없다.

그래서 나는 후회하는가? 후회한다면 이런 글을 쓰고 있지도 않을 것이다. 나는 후회하지 않는다. 옷이 나를 만들었고 패션이 나를 지탱했다. 어쩌면 내가 그토록 좋은 옷에 집착한 이유 중 하나는 일종의 열등감이었을 지도 모른다. 나는 육체적으로 타고난 사람은 아니다. 운동 신경이 전혀 없는 다소 나약한 몸을 갖고 성장했다. 키도 160대 초반이다. 이미 초등학교 시절 나는 깨달았다. 모든 인간은 부족한 것이 있다. 모든 인간은 자신에게 부족한 것을 메우는 방식을 어느 순간부터 터득한다. 그래서 오늘도 그리 훌륭하지 않은 몸을 타고난 사람들이 동네 짐(gym)에 옹기종기 모여서 어떻게든 근육이라는 갑옷을 장착해 보려 열심히 쇠질을 하고 있는 것이다.

나는 패션을 선택했다. 옷은 나의 가장 거대한 약점을 근사하게 가릴 수 있는 놀라운 마법이었다. 나도 안다. 이런다고 스파 브랜드를 입은 차은우에게 이길 수는 없다. 그러나 대부분의 사람들은 어차피 차은우에게 이길 수 없다.

나는 이 글이 '그래서 비싼 디자이너 브랜드 옷을 입으면 다 해결된다'로 읽히는 것을 가장 경계하고 있다. 중요한 건 비싼 디자이너 브랜드 옷을 입는 것이 아니다. 그 속에서 자신의 스타일을 찾아내는 것이다. 스타일을 찾아내기 위해 당신은 많은 실패를 거쳐야만 한다. 내 주변에는 더는 옷을 사지 않는, 그럼에도 대단히 스타일리시한 사람들이 있다. 그들의 공통점은 하나다. 이미 자신만의 시그니처라 할 만한 스타일이 있다는 것이다. 오로지 검은 옷만 입는 사람은 검은 옷 속에서 자신의 스타일을 찾아낸 것이다. 나는 당신이 지금 세상에서 가장 핫한 브랜드인 발렌시아가 옷만 좋아한다고 비난할 생각은 전혀 없다. 당신은 수많은 브랜드 중에서 발렌시아가를 발견했다. 그 브랜드 속에서 당신의 정체성을 찾아냈다. 로고가 큼직한 발렌시아가 옷만 입는 것을 못마땅해하는 사람들이 있을 것이다. 하지만 사람들 눈을 신경 쓰지 않고 오로지 그것만 줄기차게 입는다면, 그것은 당신의 스타일이다. 정체성이다.

정체성을 꼭 겉에 휘두르는 옷에서 찾아야 하냐고? 사람들이 당신

가슴과 두뇌 속에 숨겨진 정체성을 발견하는 데는 시간이 걸린다. 당신이 매일매일 스쳐 지나는 대부분의 사람은 사실 그만한 시간을 투자할 가치가 없다. 당신이 걸친 옷, 그것이 완성하는 당신만의 스타일이 대신 그 일을 해줄 것이다. 사실 이건 매우 쉬운 술수다. 꼭 디자이너 브랜드로 그 일을 해내야만 하는 것도 아니다. 유니클로에서도 무인양품에서도 자라에서도 당신은 당신만의 스타일을 발견할 눈을 가질 수 있다. 다만 밝은 눈을 가지기 위해서는 많은 시행착오를 거쳐야 한다. 시행착오를 거치기 위해서는 옷을 알아야 한다. 패션을 알아야 한다. 그러기 위해서는 많은 실패를 입어보아야 한다. 나는 영속적 실패자다. 지난주에는 요즘 여기저기서 보이기 시작한 브랜드 티셔츠를 구입했다. 그걸 입고 거울에 선 채로 생각했다. '이건 몸무게 50킬로그램이던 스물다섯 시절에나 입을 만한 옷이군.' 티셔츠는 곧 당근마켓으로 향할 것이다.

지난해 나는 당근마켓으로 팔찌를 하나 팔았다. 스웨덴 브랜드 아크네 스튜디오의 팔찌였다. 구입한 지 10년이 넘는 물건이었다. 팔기로 마음먹은 것은 무게 때문이다. 육중한 철로 된 팔찌라 조금만 무거운 걸 들어도 어깨가 쑤시는 40대 후반의 남자가 차고 다니기는 더는 불가능했다. 당근마켓에 올리자마자 구입 문의가 왔다. 다음 날 직접 만나 거래를 하기로 했다. 애오개역 3번 출구로 나갔다. 머리부터 발끝까지 요즘 유행하는 한국 스트리트 브랜드 옷으로 나름 폼을 낸 20대 초반의 남자가 있었다. 그는 팔찌를 보자마자 팔에 이리저리 차보며 물었다. "야, 이건 되게 오래전에 나온 모델이네요. 혹시 몇 년도 시즌 제품인지 알 수 있을까요? 요즘 아크네에서 나오는 팔찌랑은 다르네요" 질문이 끝이 없었다. 나는 기뻤다. 10년 전의 내가 두근대는 기분으로 처음 구입했던 아크네 제품이었다. 패션 중독자로서 나의 지난 10년이 육중한 팔찌에 새겨져 있었다. 팔찌는 10년의 세월을 거쳐 마침내 진정으로 어울리는 주인을 찾아낸 것이다.

나는 팔찌 가격을 3만 원 깎아주었다. 그 친구는 고개를 숙이고 몇 번이나 감사를 표하더니 무거운 팔찌를 차고 20대다운 가벼운 발걸음으로 사라졌다. 나는 그걸 후회하고 있다. 역시 돈을 받지 않고 그냥 넘겼어야 했다. 이제 막 자신이 좋아하는 브랜드, 자신에게 어울리는 스타일을 발견하기 시작한 과거의 내가 거기에 있었다. 과거의 나에게는 돈을 받아서는 안 되는 것이었다. 언젠가 그 과거의 나는 더 어린 과거의 나에게 팔찌를 넘길 것이다. 팔찌는 영원히 살아남아 계속해서 나의 보잘것없는 유산을 대대로 물려주게 될 것이다.

김현성 작가가 촬영한 사진

빌어먹을

패션은

그렇게

지속된다.

명품의
조건

청담동에 가면 모두가 콜롬보를 들고 다닌다고 했다. 한 10여 년
전 이야기다. 어느 날 갑자기 패션 잡지마다 콜롬보 광고가 등장하
기 시작했다. 엄청난 헤리티지를 가진 이탈리아 명품 악어가죽 브
랜드라고 했다. 갑자기 등장한 이 브랜드의 가방은 가격이 에르메
스 버킨 백에 육박했다. 어떤 모델은 더 비쌌다. 청담동 노부인들의
필수템이라는 소문이 돌았다. 강남 부유한 집안 자제들의 부모님
용 예물 가방으로 잘 나간다고 했다. 어찌나 소문이 빨리 퍼지는지
부산 사는 어머니도 콜롬보 가방 이야기를 꺼냈다. 예물로 콜롬보
가방을 받으시고 싶은 모양이었다. 이런 걸 두고 김칫국부터 마신
다고 한다. 40대 후반의 나와 40대 중반의 내 동생은 아직도 결혼
을 하지 않았다. 아마도 어머니는 영원히 결혼 예물 가방 따위를 받
을 수 없을 것이다. 이 문장은 지나치게 가혹하기 때문에 나는 절대

이 글을 어머니에게 보내지 않을 생각이다.

나는 의심했다. 기자는 원래 의심이 많은 편이다. 콜롬보가 등장한 2010년대에도 아는 사람만 아는 브랜드라는 건 있을 수가 없었다. 이미 인터넷과 소셜 미디어로 세상이 다 연결되어 있는 시대에 아는 사람만 아는 브랜드가 어떻게 존재할 수가 있겠는가 말이다. 열심히 팩트 체크를 했더니 콜롬보가 이탈리아 출신 브랜드인 건 사실이었다. 1937년 창업주 루이자 콜롬보가 밀라노의 모레티 가문과 결혼 후 부모 사업을 물려받아 피혁 가공 공장을 세우면서 시작되었고, 1953년에 밀라노에 첫 부티크를 열었다고 했다. 에르메스가 1837년, 루이 비통이 1854년에 설립되었으니 역사는 좀 밀린다만, 보테가 베네타가 1966년에 설립되어 헤리티지가 없다고 하긴 또 힘들다. 하지만 콜롬보가 정말로 위에 언급한 브랜드들과 함께 거론될 만한 '명품'인가?

아니다. 콜롬보는 한국 브랜드다. 과학적으로 따지자면 그렇다. 이 브랜드가 한국에서 유명해지기 시작한 건 2011년 제일모직이 콜롬보를 인수한 이후다. 보테가 베네타도 작은 가죽 브랜드였다. 2001년 구찌 그룹이 인수하면서 전 세계적인 명품 브랜드로 성장한 케이스다. 제일모직은 아마도 구찌 그룹, 그러니까 케링처럼 되고 싶었을 것이다. 아무도 모르는 작은 브랜드를 하나 매입해 세계적인 명품으로 키우고 싶었을 것이다. 2011년 기사에 따르면 제일모직

은 2020년까지 전 세계 매장 100개의 브랜드로 키울 계획이라고
했다. 지금 콜롬보는 드라마 〈별에서 온 그대〉의 '천송이 가방'으
로 가장 유명한, (아마도 제일모직과 친분이 있을) 연예인들의 공항 화
보나 인스타그램에나 가끔 등장하는 브랜드다. 그리고 콜롬보는
2021년 SG세계물산에 인수되었다. 이 브랜드의 미래가 어떻게 진
행될지는 모르겠다만 콜롬보 가방이 버킨 백을 위협하는 일은 영
원히 벌어지지 않을 것이다.

그러니까 이것은 큰돈을 가진 기업들의 '명품'에 대한 집착이다. 모
두가 명품을 만들고 싶어 한다. 명품 비즈니스는 21세기에 놀라운
속도로 성장했다. LVMH 그룹의 회장 베르나르 아르노는 2023년
9월 현재 세계 2위의 부자다. 그는 한동안 1위 자리를 지켰다. 최
근 중국의 경기 침체로 주가가 약간 하락한 탓에 1위 자리를 테슬
라 대표 일론 머스크에게 내줬다. 하지만 오로지 명품 사업으로 재
산을 247조 8000억 원이나 모았다는 사실은 정말이지 굉장하다.
LVMH와 케링은 물론 리치몬트와 프라다 그룹까지, 유럽을 기반
으로 한 명품 그룹들에게는 경쟁자가 없다. 그들은 서로와 경쟁할
뿐이다. 그들은 이미 존재하는 모든 역사적 명품 브랜드를 다 삼켰
다. 그들이 노리는 건 유럽 바깥에는 없다. 지금은 독립 브랜드를
유지하고 있는 에르메스와 샤넬이 유일하게 남은 타깃이다. 개인
적인 바람으로는 에르메스와 샤넬이 독립 체제를 지켜주길 바라지

만, 미래는 알 수 없는 법이다.

그렇다면 유럽 바깥의 대륙에서는 더는 명품 브랜드를 만들 가능성이 없는 걸까? 시도는 있다. 제일모직의 콜롬보 인수도 미약한 시도 중 하나였다. 그보다 더 큰 시도는 언제나 유럽을 그리워하고 부러워하는 미국에서 벌어지고 있다. 2023년 8월 미국 브랜드 코치의 모회사인 태피스트리가 카프리홀딩스를 인수한다고 발표했다. 태피스트리는 코치 외 케이트 스페이드 같은 브랜드를 보유한 회사다. 미국 패션 디자이너 마이클 코어스가 설립한 카프리홀딩스는 마이클 코어스를 비롯해 베르사체와 지미추 등의 브랜드를 보유하고 있다. 인수가는 85억 달러, 한화로 11조에 달한다. 시장 가치 100억 달러와 40억 달러의 브랜드가 합병을 한 셈이다. 태피스트리가 카프리홀딩스를 인수한 이유는 당연히 LVMH나 케링 같은 유럽 명품 그룹에 대항하기 위해서다. 미국 최대 명품 그룹이 유럽 명품 그룹들에 일종의 도전장을 낸 것이다. 가만 생각해 보면 미국 기업이라고 명품 산업에 비비지 말라는 법은 없다. 태피스트리의 가장 큰 돈줄인 코치 역시 1941년 뉴욕에서 설립되어 거의 반세기 만에 꽤 인정받는 엔트리급 명품 브랜드가 되었으니 말이다.

하지만 태피스트리는 장렬하게 실패할 것이다. 그들은 미국 최고의 명품 그룹 자리를 지키겠지만 유럽 명품 그룹들의 뒤에서 영원히 발버둥을 칠 운명이다. 그들의 정체성은 유러피언이 아니기 때문이다. 명품은 일종의 환상이다. 19세기에 시작되어 왕가에 가죽 제품을 납품했다는 역사가 명품을 만든다. 에르메스와 루이 비통은 그림 형제가 지금 디즈니 애니메이션의 기반이 된『백설공주』『잠자는 숲속의 미녀』『라푼젤』『헨젤과 그레텔』등의 동화를 출간하던 시대에 탄생했다. 20세기와 21세기 전 세계 아이들의 정신을 지배하는 이야기가 탄생하던 시절에 티에리 에르메스는 마구에 올릴 가죽을 무두질하고 있었다. 루이 비통은 왕가에 납품할 여행용 트렁크를 만들고 있었다. 그들보다는 조금 늦었지만 구찌오 구찌는 라이트 형제가 최초의 비행기를 만들던 시절에 가죽 기술을 익혔다. 러시아 제국의 괴승 그리고리 라스푸틴이 암살을 당한 해, 가브리엘 샤넬은 두 번째 컬렉션을 발표했다. 프라다는 비교적 최근의 명품 아니냐고? 마리오 프라다와 마르티노 프라다 형제는 파리가 말이 끄는 마차를 금지하고 첫 전차를 운행하기 시작한 해, 밀라노에 첫 가죽 제품 매장을 열었다. 우리가 그들의 무시무시한 가격표를 보고도 지갑을 여는 이유도 여기에 있다. 우리는 그냥 가죽 가방을 사는 것이 아니다. 역사를 사는 것이다.

1941년 뉴욕 가죽 장인 여섯 명이 모여 만들었다는 코치의 역사는 유럽 명품 브랜드의 역사를 따라갈 수가 없다. 창립자 인터뷰 하나 제대로 없는 콜롬보도 따라갈 수 없다. 미국과 아시아 패션 그룹들은 다다를 수 없는 꿈을 꾸고 있다. 혹은 착각을 하고 있다. 이미 미국과 아시아에도 명품은 존재한다. 미국은 온갖 컬래버레이션을 내놓으며, 종종 수십만 달러에 거래되는 나이키 운동화를 갖고 있다. 가장 대중적인 브랜드로 사람들을 열광하게 하고 심지어 운동화 한 켤레가 버킨 백보다 더 높은 가격에 거래되도록 하는 재주는 미국이 가장 잘하는 것이다. 아시아? 중국은 결코 에르메스를 만들수 없을 것이다. 대신 그들은 말린 찻잎 한 통을 수천만 원에 팔아치우는 재주가 있다. 그래서 버킨 백을 종류별로 옷장에 보관하고 있는 유럽의 거부들이 오늘도 최상급 보이차를 거실에서 음미하며 마셔대는 것이다. 각 대륙은 각자의 명품이 있다. 패션 영역에서라면 유럽은 영원히 명품의 지배자로 남을 것이다.

어머니는 더는 콜롬보 가방 이야기를 하지 않는다. 그녀는 콜롬보라는 이름을 완벽하게 잊어버렸다. 가장 유명한 콜롬보는 여전히 콜롬보 가방이 아니라 '콜롬보 형사'다. 요즘 어머니는 아들들 결혼 예물로 에르메스 버킨 백을 희망하고 계신다. 이 글의 서두에서 밝혔듯이 어머니는 영원히 결혼 예물 가방 따위를 받을 수 없을 것이다. 그러니 이 글을 절대 어머니에게 보내지 않을 생각이다. 불효자는 운다.

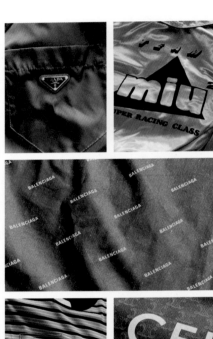
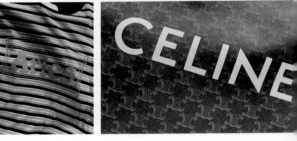

FASHION

Out of Style

&

김
현
성

패션은
나에게

어울리지 않는
옷이었다

10년 넘게 옷을 사지 않았다. 옷장에는 20년 넘은 옷들도 많다. 모두 시대나 유행과는 상관없는 비슷비슷한 디자인과 색상의 옷들 일색이다. 더 이상 수선이 불가하거나 너무 심하게 낡아서 헐은 옷만 아니면 내 옷장에서 자리를 잃을 일은 없다. 사실 그렇게 헐은 옷도 꽤 많이 자리를 잃지 않고 꿋꿋하게 걸려 있다. 패션은 내 관심사 리스트에서 지워진 지 오래다. 외모를 꾸미고 치장을 하는 사람들에 대한 관심도 없다. 패션은 더 이상 나의 흥미를 끌지 못하고 나 역시 패션을 좋아하는 사람들의 관심을 끌지 못한다. 버질 아블로가 어떻게 죽었고 에디 슬리먼이 어떤 브랜드로 갔는지가 중요한 사람들에게 나는 밋밋하고 단조롭고 지루하고 따분해서 보이지 않는 투명 인간이다.

옷과 밀접한 직업을 가지고 있으면서 얼마나 옷에 관심이 없는지에 대한 글을 쓰려니 왠지 좀 부적절하다는 생각도 들지만, 원래부터 그랬던 건 아니니 그래도 '옷'에 대해 이야기할 거리가 조금은 있지 않을까. 패션 사진을 업으로 삼은 지 26년 동안 수많은 잡지 화보와 패션 광고 촬영을 했다. 당연히 옷과 패션에 관심이 많았던 시절이었다. 그렇게 옷을 좋아하고 뭔가를 사기도 했던, 또 멋을 내고 꾸미는 것도 상당히 즐겼던 이야기부터 하고 본론으로 들어가는 것도 나쁘지 않을 것 같다.

90년대 초 샌프란시스코 유학 시절, 전공인 사진 찍는 일과 월세 500달러 원룸 아파트에서 홀로 음악 듣는 일을 제외하곤 별 취미가 없던 나는 종종 베이 지역의 갤러리나 레코드숍, 이런저런 패션 매장을 기웃거리며 시간을 보냈다. 중심가의 니만 마커스 백화점 지하, 남성복 매장 매니저로 일하고 있던 대니얼과 우연히 가벼운 대화를 하다가 친해져 (사실 영어 실력을 늘리고 싶었다) 가끔 만나 점심도 함께 먹으며 패션에 관한 이야기를 나누기도 했다. 알던 거라곤 오가며 귀동냥으로 주워 들은 아르마니, 베르사체밖에 없던 나는 헬무트 랭, 질샌더, 마틴 마르지엘라처럼 더 '힙한' 패션의 세계가 존재하고 있다는 걸 알게 되었다. 풍족하지 않은 유학생 형편이라 관심이 구매로 이어지지는 않았지만 대니얼에게 마지막 세일 정보를 듣고 기어이 가장 저렴한 아이템인 양말이나 넥타이라도 구입할 수 있었다. 패션에 대한 갈증을 그렇게 달래던 시절을 지금 옷장 구석에 태그도 떼지 않은 채로 걸려있는 30년 된 넥타이들을 볼 때마다 떠올리곤 한다.

97년 귀국 후 스튜디오를 열고 본격적인 패션 사진 일을 시작하면서 다양한 패션 잡지 화보와 광고 촬영을 했다. 광고주의 취향과 의도를 파악해서 맞춰야 하는 광고 촬영과는 달리, 잡지 화보 촬영은 에디터와의 합을 잘 맞추면 상상력에도 스타일에도 제한이 없기에 더욱 흥미로운 편이다. 어떤 경우든 촬영 현장에서는 작업에 집중해야 하지만 쉬는 시간에는 가벼운 대화가 오가기 마련이다. 사람 만나는 걸 싫어하고 말수도 적은 나는 그런 시간들이 곤혹스러워 스튜디오 구석으로 숨어들기도 했다. 혼자 말 없이 딴청을 피우는 것에 한계를 느낄 때마다 그나마 옷에 대한 이야기, 유행에 대한 대화가 어색하게 얼어붙은 공기를 녹이곤 했다. 매일같이 최신 유행에 관한 기사를 쓰고 매 시즌 밀라노와 파리, 런던과 뉴욕을 오가며 컬렉션을 취재하는 에디터에게 이것저것 패션에 대해 주절거리는 내 모습이 재미있게 보였을지도 모르겠다. 당연히 현장 분위기를 띄우기 위한 입발림이었겠지만 에디터들은 패션과 스타일에 대한 나의 애정과 관심이 화보를 통해 드러난다고 이야기하곤 했다. 스타일을 이해하고 유행의 흐름에 대해 꿰고 있는 사람이 찍는 사진은 어딘가 다르다나. 듣기 싫은 소리는 아니었다.

패션에 대한 관심과 이해가 조금 있다면 직업과 관련한 것이 아니더라도 살면서 적당히 아는 척하고 적당히 잘난 척하기에 좋다. 옷에 대해 말하고 유행에 대해 아는 척하는 건 어쩌면 사진가로 사는 데 필수적인 기재, 혹은 활용이 용이한 도구 같은 것이었다. 패션은 자연스럽게 나의 생활과 주변 관계를 둘러싸고 있었고, 나는 그걸 즐기는 건지 어떤 건지 자각하지 못한 채 20년을 보냈다. 일을 처음 시작했던 그때만큼 촬영도 일도 많지 않아 옷을 점점 사지 않게 되었고, 유행에 대한 관심도 자연스럽게 사라졌다. 줄줄이 꿰고 있던 디자이너 이름과 패션 하우스 동향에 대한 촉도 완전히 말라버렸다. 다르게 표현하자면 유행과 유행을 조장하는 모든 매체, 유행을 따르는 모든 사람에 대한 것들이 나와는 상관없는 일처럼 느껴지기 시작했다. 솔직하게 털어놓자면 나는 애초에 옷과 패션, 스타일과 관련해 돌아가는 업계와 모든 관계에 대해 별 관심이 없었다. 지금 와서 생각해 보면 내가 가지고 있던 패션에 대한 관심과 나의 천성은 전혀 별개의 것이었다. 사진이 전공이었던 것, 패션 사진이란 직업을 택했던 것, 그런 선택의 과정과 환경에서 자의반 타의반으로 옷을 좋아하고 즐겼을 뿐이다. 애초에 패션은 나에게 어울리지 않는 옷 같은 것이었다.

사람들은 입지도 않는 옷을 너무나도 많이 짊어지고 산다. 꼭 환경 쓰레기의 상당 부분을 차지하는 의류 폐기물 발생의 공범이 되고 싶지 않다는 거창한 이유가 아니더라도, 과하게 방대하고 지나치게 소모적인 패션 산업의 흐름에 휩쓸리고 싶은 마음 역시 없다. 집요한 마케팅에 휘둘리고 싶지도 않고, 그렇다고 오트쿠튀르의 팬은 더더욱 아니다. 티셔츠 뒷덜미에 있는 네 개의 스티치로 나는 마르지엘라를 입는 사람이야, 라는 티를 은근히 내고 싶었던 세속적이고 속물적인 근성도 지금은 사라졌다. 마치 아방가르드한 광대 의상 같은 꼼데가르송으로 가득한 런던 도버스트리트 마켓이나 기어이 편집 시디 한 장이라도 사고야 말았던 파리의 편집매장 콜레뜨에서 허영심을 채우던 패션 포토그래퍼의 경박한 허세도 떠올리고 싶지 않은 과거다. 조금 부적절한 비유지만 아는 디자이너의 컬렉션에 초대받았을 때 신경 써서 옷을 골라야 하는 수고나, 중요한 미팅과 행사 등 다양한 TPO에 맞는 옷을 구비하는 일보다 동네 고양이 밥 챙겨주는 게 나에게는 훨씬 더 중요한 일이다.

물론 나는 패션을 즐기고 옷을 사랑하는 사람들을 동경한다. 멋진 장소에 멋진 옷을 입고 가는 매너와 열정, 항상 더 새로운 것을 발견해 자기 생활에 반영하려는 그 탐구심과 응용력이 부럽다. 아무거나 막 주워 입은 것 같은데 멋져 보이는 젊음, 화려하고 튀는 색상과 디자인의 옷을 과감하게 입고 소화하는 그 자신감이 질투난다. 패션이 우리 인생과 생활에 가져다 줄 수 있는 풍족함과 만족감, 카타르시스를 부정하고 싶지도 않다. 패션이라는 개념은 삶에서 따로 뚝 떼어 단순하게 생각할 수 없다. 패션은 여러 삶의 요소들과 밀접하고 복잡하게 엮여 다양한 담론과 성찰, 비판과 논의를 이끌어낼 수 있는 그 어떤 것이라고 믿는다. 옷을 사랑하고, 패션과 관련한 낭만과 열정 속에서 살아가는 사람들은 그들 나름의 가치관과 철학이 있다고 믿는다. 그저 내 안에 그런 열정과 낭만이 없을 뿐이다. 패션은 그 스스로의 정체성처럼 종종 꾸며지고, 부풀려지며 자기중심적이고 변덕스러운 괴물이 되곤 한다. 나는 그 괴물이 두려울 뿐이다.

이야기가 너무 심각해지기 전에 다시 나의 옷장으로 돌아가보자. 모두가 오래 되고 비슷해 보이는 옷들, 유행을 타지도 않고 눈에 띄지도 않는 옷들. 나는 아무런 문제를 느끼지 않지만 아내에게 나의 옷장은 집에서 가장 거슬리는 블랙홀 같은 곳이다. 아내는 낭비벽이 있지는 않지만 좋아하는 브랜드의 옷이 세일할 때를 기다려 점찍어 놨던 아이템을 구입하거나 해외 출장길의 마지막 스케줄을 종종 쇼핑으로 마무리하는 정도의 열정은 남아있는 사람이다. 통옷을 사지 않는 남편 때문에 자신의 옷도 편한 마음으로 사지 못하는 분위기가 마음에 들지 않을 아내는 가끔 내 스타일에 대해 한마디씩하며 은근히 불만을 표현한다. 조금은 더 깔끔하게 입었으면 하는 마음도 있겠지. 하루는 원래 검은색이었다가 색이 바래 짙은 회색으로 변색된 캘빈클라인 셔츠와 두툼했던 원단이 반복된 세탁

으로 이곳저곳이 많이 닳아버린 랄프로렌 치노 팬츠를 입고 나가
려는데 뒤에서 툭 한마디를 던진다.

"프랑스 거지 같아."

칭찬인가? 당연히 아니다. 아내는 마음에 들지 않아서 한마디했겠
지만 내 기분은 썩 나쁘지 않다. 프랑스 거지라니 사실 꽤 마음에
들기까지 한다. 조금 더 프랑스 거지답게 보이려고 본격적으로 노
력해야겠다.

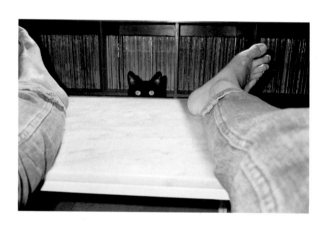

모호하지 않고
결정적이지 않은

순간들에
대하여

나는 사진을 찍는다. 주로 패션, 광고 사진으로 먹고사는 일을 한
다. 원래부터 사진이 나의 길이라고 생각했던 건 아니다. 어렸을 때
그림 그리는 걸 좋아했고 광고 디자인 일을 했던 외삼촌의 영향으
로 그래픽 디자인 전공을 희망했다. 하지만 대입 삼수 끝에 선택지
에 없었던 조소과에 입학해, 지금은 고인이 된 스승 김중만을 우연
히 만나 어시스트 생활 중 다니던 학교를 그만뒀다. 2년여의 어시
스트 생활을 마친 후, 미국으로 사진 유학을 떠났다. 그렇게 샌프란
시스코의 예술 대학에서 순수사진을 전공하게 되었다.
많은 사진가를 알지 못했던 사진 전공 초기에는 랄프 깁슨(Ralph
Gibson)의 조각 구름, 마이클 케나(Michael Kenna)의 장노출 파워플

랜트 야경, 리차드 미스락(Richard Misrach)의 밤선인장 사진을 좋아했다. 내가 정말 좋아하고 찍고 싶었던 건 (통속적이고 일반적 의미에서) 그렇게 아름답거나 드라마틱하고 감성적인 사진이 아니었다는 걸 꽤 나중에야 깨닫게 되었지만, 당시에는 그렇게 즉흥적이고 압도적으로 감흥을 일게 하는 사진들에 빠져들지 않을 도리가 없었다. 그 영향으로 흑백 코닥 트라이엑스 필름에 레드필터를 낀 니콘 F4 카메라를 들고 아리조나와 유타, 네바다와 콜로라도 사막을 오가며 수천 장의 흑백 풍경 사진을 찍었다. 그 원고들은 이제 누구에게도 보이거나 공개될 일 없이 어느 박스 안에 들어가 서재 깊은 곳에 처박혀 있지만, 나에게 말을 걸지도 않고 움직이지도 않던 그 조용하고 황량한 풍경들은 아직도 뇌리에 깊숙이 남아있다.

지금 생각해 보면 내가 사진을 처음 접했을 때 알게 되었고 좋아했던 대부분의 사진가들은 지금 내가 찍고 싶은 사진의 정체성과 방법론, 방향성과는 주로 반대 극단에 위치해 있었다. 내가 먼 길을 돌아가게 하는 단초가 된 그들로 하여금 느끼게 된 사진에 대한 애정. 그리고 덜덜 떨리는 500달러짜리 중고차에 몸을 싣고 한 시간 이상 운전해도 핸들을 좌우로 움직일 일 없이, 쭉 뻗은 미중서부의 고속도로를 달리며 사진을 찍던 추억까지 가치 없게 만드는 건 아닐 것이다.

97년 서울로 돌아와 패션 사진 스튜디오를 열었다. 패션 사진을 전공하지도 않았고 (패션과 광고 사진 수업을 여럿 이수하기는 했다) 사람을 찍는 일에는 자신도 관심도 없었지만 당장의 생계를 위해 할 수 있는 일은 많지 않았다. 자연광이 들어오는 스튜디오를 원했으나 대부분의 스튜디오는 지하에 있었고, 가끔 보이는 지상층 사무실의 임대료는 감당하기 힘들 정도로 비쌌다. 스튜디오가 모여있는 압구정, 청담 지역을 포기하고 대치동의 어느 분주한 먹자 골목에 있는 작은 사무실 2층, 그것도 반을 나누어 사용했다. 통창에서 들어오는 자연광이 비추는 하얀 벽은 내가 작업하는 패션 사진의 배경이 되었다. 가끔 조명 하나씩을 사용하기도 했지만 가급적 스튜디오에 들어오는 빛을 그대로 이용했다. 당연한 이야기지만 아침부터 촬영을 시작해 오후 늦게까지 촬영을 하면 피사체에 떨어지는 빛의 색과 질감은 시시각각으로 변하기 마련이다. 나는 그 변화가 좋았지만 브랜드의 카탈로그 작업에서 컷마다 색감이 바뀌는 건 담당자들에게는 곤혹스러운 일이었을 것이다. 하지만 내 사진이 그랬고 그렇다는 걸 아는 브랜드와 매체가 나에게 작업을 의뢰했다. 나는 다수의 패션 사진가들이 활동 초기 몇 년간 엄청나게 일을 많이 하는 것만큼 바쁘지는 않았다. 그저 모델을 흰 벽 앞에 세워놓고 무심한 듯 찍는 내 사진을 좋아하는 소수의 에디터와 광고주

김현식

Out of Style

만 나에게 연락했다. 나도 거창하게 세트를 만들고 복잡하게 조명을 치고 드라마틱한 분위기를 연출해야 하는 일은 하고 싶지 않았고, 애초에 그런 일은 나에게 들어오지도 않았다. 말을 걸지도 않고 움직이지도 않는 조용하고 황량한 풍경을 좋아하던 나는 모델들 역시 그렇게 조용하고 황량한 풍경을 찍듯 대했던 것 같다. 카메라를 응시하는 강렬한 눈이나 표정에는 관심이 없었고 계곡과 산봉우리처럼 조용히 흐르는 몸의 선과 그림자에 집중했다. 내 사진에서 모델의 얼굴은 종종 잘려 나갔다. 어떤 모델은 농담처럼 "실장님은 내 얼굴이 싫으신가 봐요"라며 불만을 토로하기도 했다. 또 왜 항상 흰 벽 앞에서 같은 조명으로 사진을 찍는가, 라는 질문을 주변 지인이나 종종 인터뷰할 일이 있을 때 자주 들었다. 내 대답도 항상 같았다. 내 스튜디오의 벽이 흰색이니까. 벽이 검은색이었다면 항상 검은 벽 앞에서 찍었을 거라고 대답했다. 애초에 기술적인 혁신이나 물량 투입, 거창한 방법론을 추구하기엔 내 열정은 너무 약했다.

2010

2009년, 자식처럼 키우던 밤식이와 먹물이가 하늘로 갔다. 텅 비어버린 마음에 몇 달을 방황하다가 동물권과 환경에 대해 이야기하는 잡지 「오보이!」를 창간했다. 사진 찍는 인간이라 동물권과 관련

된 사진을 찍어 전시를 할까 생각도 해봤지만 〈TV 동물농장〉도 제대로 보지 못하는 회피형의 비겁한 성격이 동물들이 고통받는 현장으로 나가는 나를 막아버렸다. 하지만 동물들을 위해 뭔가를 꼭 하고 싶었다. 적극적이지도 않고 일을 벌이는 것도 싫어하는 내가 그렇게 난생처음 잡지 창간이라는 사고를 치고 말았다.

인생의 방향이 크게 바뀐 느낌이 들었다. 「오보이!」를 창간하기 전까지 더 큰 스튜디오, 더 많은 일, 더 화려한 삶, 그런 것들로 누릴 수 있는 더 좋고 멋진 것들에 맞춰져 있던 나의 인생이 한 가지 가치로 채워졌다. 동물을 좋아하는 마음은 전과 같았지만 고통받는 동물들을 위해서 살겠다는 생각이 삶에서 가장 중요하고 유일한 가치가 되어버렸다. 사진과 출판, 그밖의 모든 활동과 교류가 그런 생각의 바탕에서 움직이기 시작했다. 사진가로서 활동을 시작하고 「오보이!」를 만들기 전까지의 12년 동안, 개인전이나 사진집 출판을 하지 않은 것에 핑곗거리는 마땅히 없다. 다만 「오보이!」 창간 후 사진집 출판은 확실하고 영원히 불가능한 일이 되어버린 것 같았다. 물론 홀로 매달 잡지 한 권씩 만들어내는 일이 얼마나 힘들지에 대해서는 각오한 바 있었지만, 물리적으로 모자란 시간도 정신적인 압박도 내 삶의 스케줄에서 개인전과 사진집 출판을 깨끗하게 지워내고 있었다. 젊은 작가들과 업계의 후배들이 다양하고 센스 있는 작업으로 전시하고 출판하는 걸 보는 건 내 사진을 사람들에게 보여주는 일이 점점 더 어렵고 실현할 수 없는 일이라는 걸 결정적으로 각인시켜주는 일이었다. 그렇게 「오보이!」를 만들며 나의 정체성은 사진가 김현성에서 편집장 김현성으로 변해가고 있었다. 거의 완전하게.

2020

서울 스튜디오에서도 해외 출장이나 여행을 갈 때도 항상 작은 필름 카메라 하나는 들고 다니며 일상과 순간을 기록했다. 미국 유학 시절, 흑백 사진을 찍을 때와는 다른 감정을 느끼게 되었다. 사막에서, 초원에서, 계곡에서 숨이 멎을 것처럼 멋진 사진을 찍고 싶었던 마음은 차차 사라지고 아무것도 아닌 것들을 찍기 시작했다. 살면서 내 눈에 보이는 것들, 평범하기 짝이 없는 일상이었다. 스튜디오에서 화보를 찍다가 쉬고 있던 모델을 불러 세워놓고 셔터를 누르고, 먹물이가 산책하다가 볼일 보는 모습을 찍었다. 출장 길 비행기 창밖으로 보이는 구름, 서울 한구석 빌딩 옆에 덩그러니 놓인 화분을 찍었다.

왜 찍는가에 대한 고민은 없었다. 그저 내 일상에서 보이는 꾸며지지 않은 모든 상황과 사람을 찍고 싶었다. 사진 보는 사람을 현혹하지 않는 것들. 그냥 그렇게 내 삶에서 보이는 것들을 찍었다. 그렇게 찍은 사진들을 모아서 보여주려고 하니 또 그리 근사해 보이지 않아서 망설였다. 내가 좋아 보이는 것들이 사람들에게도 좋아 보일까, 라는 생각이 타올라야 하는 나의 추진력에 찬물을 끼얹었다.

어쩌면 내 사진은 순간 포착된 해학이 빠진 마틴 파(Martin Parr), 극명한 디테일이 없는 안드레아스 구르스키(Andreas Gursky), 일반적이지 않은 피사체로의 접근성과 생생함이 결여된 유르겐 텔러(Juergen Teller)에 이미 수십 년 전 스티븐 쇼어(Stephen Shore)가 정립해 놓은 방법론을 살짝 섞은 어설픈 범벅 같은 것이었는지도 모르겠다. 그래도 그렇게 사진원고가 하나씩 쌓여갔다. 드라마틱하고 아름다운 것, 즉석에서 감흥을 일게 하고 대중의 감성을 자극하는 사진에는 점점 관심이 없어졌다. 어떻게 하면 평범하고 건조하고 밋밋하고 투박하고 관조하는 사진을 찍고, 그런 사진에 사람들도 관심을 가질 수 있을까 생각했다. 어떻게 보면 '생각했다'라는 행위 자체도 하지 않으려고 했다. 감정과 감성 그리고 생각이나 기획 없이, 그저 눈에 보이는 것만을 본능적으로 찍는 '걸어 다니는 카메라'가 되고 싶었다. 특정 주제나 사회 문제를 말하며 서사를 만들거나 미학적 탐구를 하고, 아름다운 빛과 완벽한 구도를 기다리는 행위를 하지 않으려고 했다. 그저 살아가면서 보이는 상황과 풍경을 바라보고 어느 순간 셔터를 누르는 행위만으로 사진 작업을 하고 싶었다. 개입하지 않고 연출하지 않고 의미를 부여하거나 설명하지 않는, '모호하지 않고 결정적이지도 않은' 내 눈앞의 순간들을.

동물을
사랑하는

패션 사진가의
고백

우리 가족이 처음으로 동물을 가족으로 맞이한 건 1975년이었다. 믹스보다는 잡종이라는 표현이 어울리는 레니가 어디서 온 아이인 지는 기억이 정확하지 않다. 아버지의 지인이 키우던 개가 낳은 새 끼들 중의 하나였을 것이다. 다음 해에 레시가 왔고, 몇 년 후 먹물 이가 왔다. 다음으로 온 꼭지는 새끼를 여럿 낳았다.

그 후 동네의 단골 가게 앞에서 먹을 것을 구걸하던 고양이를 어머 니가 데리고 왔다. 그 아이 이름은 타비, 첫 번째 고양이 가족이었 다. 겁 많고 4차원인 검은 고양이 마이클과 다른 길고양이들도 새 로운 식구가 되었다. 지금처럼 반려동물용 사료도 시중에 없었다. 사람이 먹다가 남은 밥을 함께 먹는 게 자연스러운 시절이었다.

레니는 마당 한쪽에 놓인 작은 개집 앞, 짧은 줄에 묶인 채로 살았 다. 지금 생각하면 너무나도 끔찍한 일이다. 말년에는 목줄의 속박에서 해방되었지만 지금도 유일하게 자유롭지 못했던 레니에게 너무나도 미안한 마음뿐이다. 10여 년 후 그렇게 우리집에 가장 먼저 왔던 레니가 가장 먼저 하늘로 갔다. 나는 마당에 땅을 팠고 어머니와 동생은 레니를 안고 펑펑 울었다. 그리고 동물병원도 흔하지 않던 시절, 수명이 다해 죽어가던 먹물이를 안고 동물병원을 찾아 뛰고 뛰었지만…. 먹물이는 또 그렇게 몇 년 후에 내 품 안에서 무지개다리를 건넜다.

어머니는 길에서 떠도는 유기견과 길고양이들을 계속 데리고 왔다. 많은 아이들이 그렇게 우리에게 왔다가 하늘로 갔다. 내가 고등학생이었던 무렵, 우리집에는 스무 마리 개와 여덟 마리 고양이가 함께 살았다. 똥 치우고 물 뿌리고 밥 주고 간식 뿌려주는 게 매일매일 나의 일과였다. 나는 그렇게 개, 고양이들과 함께 자랐다. 그아이들은 가족이었다. 어렸을 때 동물에 대해 좋지 않은 기억이 있거나 여러 이유로 동물을 싫어하고 무서워할 수 있다고 나는 생각한다. 아예 관심 자체가 없는 사람들도 당연히 이해하지만 나는 전혀 다른 환경에서 자랐다. 동물과 함께 살고 사랑하는 것도 숨을 쉬는 것처럼 너무나 자연스러운 일이었다. 나와 함께했고 지금도 함께하고 있는 이 아이들은 나의 일부다.

그렇다. 내가 경험한 패션 세상보다 동물과 함께한 하루하루가 먼저 있었다. 처음부터 패션 사진을 하려고 마음먹은 것은 아니었다.

레니

콜리와 먹물이

꼭지

유학을 위해 뉴욕이 아닌 샌프란시스코를 선택한 건 동부에서는 내가 원하는 풍경을 찾을 수 없을 것 같아서였다. 엘에이는 왠지 내키지 않았다. 한인타운에서 한국인 친구만 만나다가 영어 한마디도 늘지 않은 채 돌아올 것만 같았다. 그래서 언덕을 오르는 케이블카와 금문교의 도시로 갔다. 상상만 하던 풍경으로 가득한 미서부. 네바다의 황량한 사막과 몇 시간을 운전해도 핸들을 움직일 필요조차 없는 단조로운 국도와 그 뒤로 펼쳐진 지평선, 꿉꿉한 냄새가 나는 긴 털 오렌지색 카펫이 깔린 뉴멕시코의 하룻밤 30달러짜리 싸구려 모텔, 문을 열고 들어서면 마치 태어나서 동양인을 처음 본다는 듯 쳐다보는 백인들로 가득한 이름 모를 유타 어느 촌구석의 다이너, 사람은 흔적조차 보이지 않고 내 키보다 몇 배나 큰 선인장들로 가득한 아리조나의 풍경을 찍고 싶었다.

애초에 사람을 찍는 것 자체에 관심이 없었다. 500달러 주고 산 중고 8기통 올스모빌 세단을 타고 미서부 곳곳을 누비며 사진을 찍을 때가 가장 행복했다. 하지만 서울로 돌아온 후 풍경 사진만 찍어서는 생활하기가 어렵다는 현실을 실감했다. 그렇게 자의반 타의반으로 패션 포토그래퍼가 되어 매 시즌 쏟아져 나오는 신제품을 입은 모델을 촬영해 소비를 조장하는 일을 하게 되었다. 클라이언트가 존재하는 상업 사진을 찍는 건 종종 즐겁지 않은 경험을 감당해야 한다는 뜻이다. 사진의 톤과 모델의 포즈, 전체적인 감성은 나에게 달린 문제였지만 어떤 제품을 찍는가는 당연히 내 소관이 아니다. 무례하고 무리한 광고주의 요청을 들어줘야 하는 것과는 별개로 의상 자체가 마음에 들지 않으면 하루 종일 일할 맛도 나지 않는다. 가죽이나 특히 모피 제품을 찍어야 하는 날은 일에 대한 회의감마저 들었다. 현장에서 그런 마음과 싫은 티를 너무 냈는지 일을 시작한 지 채 몇 년도 되지 않아 잡지사 에디터와 광고대행사는 나에게 모피나 가죽 제품 촬영을 의뢰하지 않게 되었다. 일은 줄었지만 마음은 한결 편했다.

98년에 결혼을 하고 분가하면서 두 마리의 푸들이 새로운 가족이 되었다. 아내의 시골집에서 온 갈색 푸들 밤식이와 내가 다니던 동물병원에서 못생겨서 팔리지 않는다며 나에게 떠맡긴 검은색 푸들 먹물이. 그저 검은색이라는 이유로 15년 전에 하늘로 간 먹물이의 이름을 이어받은 이 작은 아이 때문에 내 생각과 생활에 많은 변화가 찾아왔다. 결혼 전까지 개와 고양이는 나에게 가족 같은 아이들이었지만, 밤식이와 먹물이는 처음으로 자식처럼 키운 아이들이다. 같은 침대에서 잠을 자고 어디든 함께 갔다. 집은 물론이고 스튜디오도 함께 출퇴근하며 모든 걸 함께했다.

특히 먹물이는 언제나 나와 붙어있었다. 잠잘 때나 밥 먹을 때나 운전할 때나 일할 때나 항상 내 무릎 위에 앉아있었다. 어느 톱스타 여배우는 당연히 자기에게 집중해야 하는 포토그래퍼의 무릎 위에 앉아있는 검은 강아지가 신경 쓰인다고 자신의 매니저를 통해 불평을 드러내기도 했다. 나도 예민하고 고매하신 여배우의 기분을 맞춰주지 못해 미안했지만 그 여배우와는 다시는 촬영하고 싶지 않았다. 물론 그녀가 알아서 나를 먼저 차단했지만 말이다.

먹물이는 나의 분신 같은 아이였다. 주변에서도 모두 내가 먹물이를 얼마나 사랑하는지 알았다. 조금 못생긴 먹물이가 팔리지 않고 나에게로 오게 된 걸 나는 항상 감사하게 생각했다. 그런 먹물이와 밤식이는 그렇게 오래 살지 못하고 하늘로 갔다. 선천적으로 심장이 좋지 않았던 먹물이는 열 살을 채 넘기지 못했고, 밤식이도 병원에서 주사 쇼크로 천수를 누리지 못했다. 밤식이가 먼저 간 후 2년도 되지 않아 먹물이마저 무지개다리를 건넜다. 많은 아이를 보냈지만 그런 슬픔과 무력감은 태어나서 처음이었다. 일도 생활도 귀찮고 무의미하게 느껴졌다. 거의 넉 달가량 일이 손에 잡히지 않았다. 겨우 정신을 차린 후 뭔가 의미 있는 일이 하고 싶어졌다. 나의 생활과 취향, 성공과 미래만 생각하고 살았던 40년 인생에 대해 다시 생각하게 되었다. 아무런 힘도 능력도 없지만 고통받고 착취당하는 이 세상의 동물을 위해 뭐라도 하고 싶었다. 그렇게 몇 달의 고민 끝에 잡지를 만들기로 결심하게 되었고, 환경과 동물권에 대해 이야기하는 잡지 「오보이!」를 창간한 것이다. 회색털이 섞인 검은 푸들 한 마리가 내 인생의 방향을 전혀 새로운 쪽으로 바꿔버렸다.

두 번째 먹물이

'패션'과 '동물의 고통'에 대한 공감은 어울리지 않고 공존할 수도 없는 전혀 다른 세계의 언어다. 이 둘을 한곳에 섞으면 어색하고 불편해진다. 개와 고양이를 자식처럼 사랑하고 멸종 위기종에 대해 걱정하지만 동시에 자신의 식탁 위에 올라오는 육즙 가득한 스테이크와 아름답고 윤기 흐르는 모피를 사랑한다. 이런 걸 이상하다고 생각을 하는 사람을 이상하다고 생각하고 이런 걸 위선이라고 지적하는 것을 위선이라고 여긴다. 아름다운 것을 사랑하지만 아름다운 것을 만들기 위해 수반되는 이면의 추함과 고통은 외면한다. 그런 이면 때문에 죄책감을 느끼고 싶어하지도 않는다. 자신의 행복은 중요하지만 타인과 약자의 고통은 짐짓 모른 척한다. 이런 주제가 화제에 오르는 것을 싫어하며 자신을 불편하게 만드는 사람을 다양한 논리로 조롱하고 비난하거나 외면한다. 자신의 욕망에 충실한 사람들이 불편한 사안에 대처하는 방법이다.

패션업계를 비롯한 대부분의 산업은 동물의 고통을 고려하지 않는다. 공장식 축산업처럼 직접적으로 동물을 착취하지는 않는다고 하겠지만 패션만큼 동물의 고통과 밀접하게 관련된 산업도 없다. 모피나 가죽을 위한 직접적인 학대 외에도 생산과 유통 과정에서 벌어지는 다양한 환경 파괴와 인류가 감당하기 어려울 정도로 쏟아져 나오는 의류 쓰레기는 인류 자신은 물론이고, 이 별과 수많은 동물들을 고통 속으로 몰아넣고 있다. 일을 하면 할수록, 사진을 찍으면 찍을수록 나의 생각과 나의 일 사이의 괴리는 커져만 갔다. 그

애매한 경계 사이에 어정쩡하게 서서 내가 동물을 사랑한다고 말해도 과연 괜찮은 건지 계속해서 자문했다. 질문은 점점 더 나를 찔렀고 답은 점점 더 멀어져만 갔다.

이렇게 구차하고 구질구질한 글을 쓰는 이유는 내 마음과 행동도 그렇게 구차하고 구질구질하기 때문이다. 나 역시 뭐 하나 나을 것 없는 회색분자로서 고통받는 동물들을 위해 내 전부를 희생하지도 못하고, 나만의 행복을 위해 현실을 외면하지도 못한다. 이런 나 자신의 위선과 이중성에 대한 고민을 털어놓는다고 해서 마음이 조금이라도 가벼워지거나 나를 바라보는 사람들의 인식이 달라지지도 않는다. 오히려 어설픈 자아비판을 통한 면죄부는 더 두껍고 무거운 위선으로 싸여있는지도 모른다. 지극히 상업적인 일을 하면서 그 상품을 위해 죽은 동물들 때문에 괴로워하고, 소비를 조장하는 일에 일조하면서 환경을 걱정하는 위선. 「오보이!」를 만들면서 자연스럽게 기존의 상업적인 패션 사진 작업은 많이 줄었지만 지금도 여전히 자제할 수 없는 과시욕과 대량 소비 체제에 의해 착취당하고 있는 동물들 생각에 마음은 무겁기만 하다. 모피와 가죽을 위해 케이지 안에 갇혀 살다가 죽임을 당하고 실험으로 희생되는 동물들, 산처럼 쌓인 의류 폐기물, 오염되는 토양과 하천, 악화일로를 걷는 기후 위기의 이미지가 내 머릿속에는 항상 가득하다.

인간을 위한 산업과 동물의 권리를 생각하는 마음이 양립할 수 있을까, 하는 오래된 고민의 해답은 아직도 찾고 있는 중이지만 그래도 내가 할 수 있는 일을 하면서 고민을 계속하자는 작은 결론은 내렸다. 환경에 최소한의 영향을 미치며 동물을 착취하지 않는 일, 그리고 튼튼하고 좋은 옷을 사서 오랫동안 입고 버리지 않는 풍조를 만드는 데 아주 작은 힘이라도 보탤 수 있다면 어떤 일이라도 하겠다는 작은 결론. 못생기고 다리가 짧고 회색털이 섞인 검은 푸들 한 마리가 보여준 내 인생의 방향으로.

Out of Style

나는
패션이
재미없다

패션은 참 재미있다. 바로 위에 '나는 패션이 재미없다' 라고 떡하니 써 놓고 이게 무슨 소리인가 싶겠지만 정신없고 예측 불가하게 돌아가는 천태만상이 거부할 수 없을 정도로 재미있는 동시에 경박스럽기 그지없고, 견딜 수 없을 정도로 지루하고 진부한 게 '패션'이라고 생각하는 건 아마 나 하나만은 아닐 것이다. 굳이 거창한 복식사나 세계적인 패션 하우스의 흥망성쇠, 천재라고 불리는 크리에이티브 디렉터들이 패션 기업과 브랜드를 들었다 놨다 한다는 등, 나와는 하등 관계도 없는 별나라 소식들까지 자세히 들여다보지 않더라도 말이다. 자본과 욕망, 질투와 드라마가 과장되고 각색되어 영화보다 흥미로운 스토리와 가십거리를 하루가 멀다 하고 쏟아내는 이 업계에 관심을 갖지 않는 것 역시 쉬운 일은 아니다. 이렇게 각종 미디어를 통해 무분별하게 뿌려지고 무지성적으로 소비되는 관련 소식들 외에도 패션 사진가라는 직업으로 업계의 언저리에서 일하면서 심심치 않게 들리거나 직접 목격하게 되는 일, 또 너무 적나라하고 구질구질해서 알고 싶지 않았지만 본의 아니게 알게 되는 소문들도 부지기수다. 근거 없는 자만과 이상한 자격지심이 뒤섞인 모 패션지 편집장이 파리 컬렉션의 한 쇼에 초대받아 참석한 현장에서 프론트 로(front row)라고 불리는 가장 앞자리에 배정받지 못한 불쾌함과 모욕감에 그대로 쇼장을 박차고 나왔다는 이야기, 자기 브랜드나 자기 잡지와는 어울리지도 않지만 그놈의 인기와 매출 때문에 잘나가는 아이돌을 모델로 모시려고 펼쳐지는 치열하고 치사한 섭외 전쟁, 촬영 현장에서 광고주와 연예인 모델 중간에 이빨 사이 음식찌꺼기처럼 껴서 전횡을 견뎌야 하는 가련하고 비굴한 대행사 직원의 눈물 없이는 들을 수 없는 현장 스토리, 국내 굴지의 패션 기업 회장의 며느리로 들어갔다가 시어머니와 직원들을 상대로 사기 행각을 벌이고 해외로 도주한 모 여성, 오랜 기간 동안의 횡령으로 쫓겨난 모 잡지사의 에디터 괴담까지. 패션에 관한 이야기라기보다는 패션 관련 일을 하다 보니 들리고 보이는 시답잖은 가십거리들이지만 이런 말초적이고 불유쾌한 부산물들이 패션에 대해 복합적이고 회의적인 감정을 느끼게 하는 이유 중의 하나라는 걸 예전부터 느껴왔다.

유달리 차림새에 신경 쓰지도 않았고 그렇다고 개념 없이 아무거

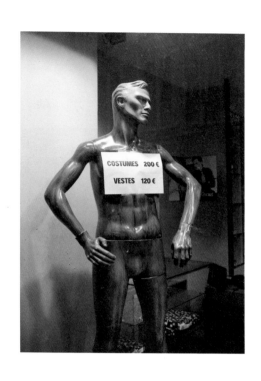

패션은 참 재미있다.

나는 패션이 정말 재미없다.

나 막 입고 다니지도 않았던 나는 어쩌다 보니 이렇게 번잡하고 화려한 업계에서 일을 하게 되었지만, 여전히 패션에 대한 관심도, 재미있게 들려줄 이야기도 없다. 억지로 짜내어 패션이나 옷에 관련된 이야기를 생각해 봐도 그저 자질구레하고 아무도 관심 없을 법한 이야기밖에 생각나지 않는다.

국민학생이었던 70년대에 신발은 항상 한 켤레뿐이었다. 운동화에 구멍이 나고 헐어서 더 이상 신기 어렵게 되면 시장 신발가게에 가서 새것으로 갈아 신고, 떨어진 신발은 가게에 버리고 왔다. 기차표 케미슈즈, 말표 신발, 대충 그런 브랜드들이었다. 가정 형편이 특히 어려웠다거나 그런 건 아니었다. 그런 게 보통이던 시절이었다. 중학교 2학년이던 82년도에 나이키가 유행하기 시작했다. 멋부리는 걸 좋아하는 몇몇 반 친구들은 나이키 코르테즈와 센터코트를 신고 와서 자랑했다. 코르테즈는 만 7천 원, 센터코트는 2만 4천 원이었다. 가장 저렴한 러닝화도 만 2천 원이나 했다. 5천 원이 넘는 신발이 거의 없던 때였다.

고등학교에 들어가니 패션에 눈을 뜬 아이들이 더 많이 보였다. 멋부리기 좋아하는 친구들은 명동의 빌리지에 가서 옷을 사 입었고 재수 시절에는 압구정동의 안전지대라는 옷가게가 유명했다. 폴로, 인터메조, 프랑소와즈 옴므, 레드옥스 같은 브랜드들이 인기 있었다. 적당히 브랜드 이름을 들어서 알고 있었던 나는 부모님을 졸라 적당히 그런 옷들을 입고 다녔다.

90년대 초반, 미국 유학을 가서 패션에 대해 전보다는 좀 더 구체적으로 관심을 가지게 되었을 때는 아르마니와 베르사체, 도나카렌 같은 브랜드들이 유행이었다. 좋다며 샀다가 단 한 번도 입지 않고 (도저히 입을 수 없었던) 조용히 버린 베르사체의 요란한 사자 무늬 프린트 바지는 생각만 해도 얼굴이 화끈거린다. 헬무트 랭과 질샌더를 지나 마르지엘라를 알게 되었고 드리스 반 노튼을 좋아했다. 그후로 후세인 살라얀과 닐 바렛, 빅터앤롤프가 옷을 잘 만든다고 생각했고 그들의 옷을 몇 벌 샀다. 그러고는 거짓말 같이 패션에 대한 관심이 사라져 버렸다. 늦은 나이였지만 환경과 동물에 대해 생각하게 되니 그렇게 되었다고 하는 건 너무 따분하고 재미 없는 계기라고들 생각하겠지만 다른 근사한 이유는 생각이 나지 않는다.

한창때인 나이와 직업적 관련성 때문에 비교적 패션에 대한 관심이 미약하게나마 있었던 시절을 지내고 난 후, 사람들이 패션을 대하는 자세나 대한민국 사회와 미디어, 대중에 의해서 패션이 다뤄지고 논의되는 풍조에 대해 더욱더 비판적이고 냉소적인 태도를 가지게 된 건 아닌가 하는 생각이 들지만, 객관적이고 차가운 자세를 유지하려 해도 좋지 않은 면만 보이는 것 역시 어쩔 수 없다. 아무리 잘난 척, 아는 척을 해도 결국 패션이란 어떤 옷을 어떻게 입는가로 많은 부분이 결정되고 간단하게 재단되는 것이다. 결정적으로 평범하기 그지없는 나의 편협한 시선과 개인적이고 주관적인 취향을 기준으로 사람들을 평가하고, 이러쿵저러쿵 떠드는 게 과연 적절한가, 라는 의문을 가진 채로 이런 글을 쓰는 것도 참 아이러니라는 생각이 든다. 하지만 살면서 이 사람은 정말 멋있다거나 정말 옷을 잘 입는다고 느꼈던 기억이 거의 없는데 억지로 패션에 대한 예찬을 하는 것 역시 어불성설이지 않겠는가. 패션은 정말 다양하고 복합적이며 복잡한 문화적 층위의 총체라 알고 있다.

단순히 옷을 잘 입는다가 아닌 그 사람의 가치관과 라이프스타일, 취향과 감성을 보여주는 게 패션이라고 생각한다. 그런 관점에서 다양성과 복합성, 문화적 층위를 겸비하여 멋지다고 느껴지는 사람은 보이지 않고 그저 '옷만 잘 입는' 패셔니스타들만 우글거리는 서울이 참 별로라는 생각이 든다. 사람들은 과도하게 멋을 부리고 유행에 지나치게 집착하며 동시에 패션과 멋에 대해 스스로 정의하지도 못한다. 내가 좋아하는 패션이 아닌 타인에게 인정받는 패션을 추구하며 갈피도 잡지 못한다.

유튜브나 각종 소셜 미디어들은 천박하고 세속적인 태도와 콘텐츠로 대중을 호도하고, 자본에 의해 '팔이'로 전락한 인플루언서와 패셔니스타는 근본을 알 수 없는 대한민국의 패션 산업을 기형적으로 떠받치고 있다. 유행을 선도하는 이들도 유행을 따라가는 대중도 마찬가지다. 생각하기를 싫어하는 게으르고 수동적인 대중들,

떠먹여 준다는 표현으로 유행을 가르치고 수익을 올리는 유사 인플루언서들, 유명 연예인이 모델로 나온 특정 아이템을 마치 국민 유니폼처럼 미친듯이 소비하고 하루아침에 잊어버리는 행태들, 매일처럼 쏟아져 나와 피로를 유발하는 저질 패션 콘텐츠들, 팔로워 수로 영향력을 과시하는 유튜버, 인스타그래머들에게 항공권과 경비를 제공하고 새로운 컬렉션의 취재를 맡겨 스스로의 격을 낮추는 (격이라는 게 원래 있었는지도 의문이지만) 숱한 브랜드들. 그렇게 성공한 인플루언서를 추종하는 우매한 대중의 몰취향, 몰개성의 패션. 그렇게 서로 맞물려 삐거덕거리며 돌아가는 '대단한 대한민국 패션 인더스트리'. 결국 대한민국에서 패션은 전통과 기능, 디자인을 말하지 못하고 과시와 계급의 증명, 유행에 대한 강박을 보여주는 장치로 작용하고 있을 뿐이다.

통제된 근미래 세상이 배경인 공상과학 영화를 볼 때마다 영화 속 거리의 사람들이 단순한 디자인의 회색빛 옷을 유니폼처럼 입고 나오는 걸 보며 하루빨리 저런 세상이 오길 바라곤 한다. 옷을 고를 필요도, 유행을 따를 이유도, 걸치고 있는 옷으로 평가하고 평가받을 일도 없는, 그 거대하고 무용하며 사람을 지치게 하는 집착의 에너지를 낭비하지 않아도 되는 세상이 되기를. 이게 무슨 공산당 같은 발상이며 그렇게 경직되고 지루한 세상은 생각만 해도 끔찍하다는 사람들이 대부분이겠지만, 비록 그게 타인이 추구하는 가치와 즐거움을 깎아내리는 심술궂은 발상이라고 해도 나는 그런 상상을 도저히 멈출 수가 없다. 그래도 '지구에 사는 누군가가 문득 생각했다. 인간의 수가 절반으로 준다면 얼마나 많은 숲이 살아남을까' 라는 〈기생수〉의 모놀로그 그리고 〈어벤저스〉의 타노스가 손가락 한번 튕겨서 인류의 반을 없애고 싶은 생각에 적극 공감하고 동조하는 나의 불건전한 사상치고는 꽤 온건하고 현실적인 상상이지 않은가? 사람들은 그러지 않아도 되는 일에 너무 많은 에너지를 쏟고 너무 큰 강박을 느끼고, 너무 많은 쓰레기를 세상에 쏟아부으며 살고 있다.

패션을 좋아하는 사람은 많지만 패션을 이해하는 사람은 많지 않다. 멋있는 옷을 입은 사람은 많지만 '멋있는 사람'은 잘 보이지 않는다. 최신 유행의 고가 명품 옷을 입은 사람은 많지만 자신에게 어떤 옷이, 어떤 스타일이 잘 어울리는지 제대로 아는 사람은 흔하지 않다. 비싼 차를 타는 사람은 많지만 그 차를 탈만 하다고 생각되는 사람은 별로 없다. 수천만 원짜리 가방을 들고 다니는 사람은 많아도 정말 잘 낡고 모양 좋은 청바지 한 벌을 소중하게 오래 입는 사람은 많이 보지 못했다.

패션에 대해 너무 진지하게 생각하거나 집착하지 말고 자신의 삶과 패션을 잘 조화시켜야 하지만, 너무 많은 사람이 탐욕과 집착,

과시욕과 소비 중독의 늪에 빠져 허우적거린다. 나는 정말 패션이
재미없다.

FASHION

Design

오
유
경

1을
찾아서

지금보다 패기 넘치던 신인 시절, 패션 디자이너에 대해 왜곡된 이미지를 간직하고 있었다. 성공한 디자이너는 화려한 여가 생활을 하면서도 고독한 창작 활동에 몰두해야 할 것 같았다. 힙한 파티에서 화려한 친구들과 왁자지껄하게 시간을 보내고 자신의 작업실로 돌아와 왠지 모를 외로움을 견뎌야 할 것처럼. 그런 디자이너 판타지를 실현하기 위해 고뇌하는 모습을 상상했다. 브랜드를 런칭했을 때 그런 이미지를 지켜내기 위해 부단히 애를 썼다.

막상 결혼 후에는 내가 고집했던 디자이너 일상과 동떨어진 현실을 경험했다. 출산과 육아라는 지독한 현실은 애써 지켜온 패션 디자이너의 감각과 감정을 더욱 무뎌지게 만들었다. 물론 두 세계에서 양립할 수 있는 이들도 있겠지만 내게는 둘 다 해낼 수 있는 에너지가 부족했다. 현실 너머 디자이너 이미지를 유지하기 위해 정작 생활에 필요한 에너지를 이미 다 소진해 버렸기 때문이다.

결국 두 역할 중에 하나를 택해야 했기에 디자이너로서 감각보다 엄마로서 책임감을 우선시하게 되었다. 나의 생활은 변화할 수밖에 없었다. 새로운 패션쇼와 패션 매거진을 찾던 나는 아이들을 위한 동화책과 좋은 학원 찾기에 몰두했다. 핫한 클럽의 디제이 앞에서 춤추던 춤사위는 아기상어 노래에 동작을 맞춰 아이들과 하나의 팀을 이루며 합을 맞춰나갔다.

한동안 마음 깊은 곳에는 여전히 고독한 패션 디자이너가 살고 있는지도 모른 채, 패션과 대척점에 있다고 여긴 현실 육아에 여념이 없었다. 아이들이 커가면서 비워졌다 생각한 마음속에 다시 무엇인가 차오르는 것을 겨우 느꼈다. 분명 아이를 키운 경험이 인간으로서 세상을 바라보는 시야를 좀 더 넓혀주었다. 가장 큰 변화는 웬만한 일에 잘 놀라지 않는 담대함과 끈질기게 지켜봐 주는 인내심이 생긴 것이다.

서울 패션위크에서 나의 첫 쇼를 잊을 수 없다. 패션쇼가 있는 바로 그날, 슈즈 디자이너가 미완성된 신발을 들고 왔기에 더욱 기억할 수밖에 없는 날이 되었다. 모델들은 신발 없이 런웨이 리허설을 시작했고, 디자이너인 나는 '대체 신발'을 찾기 위해 시장을 헤매고 다니느라 첫 쇼의 리허설에 참석할 수 없었다.

오유진

Design

나도 하늘도 무너질 것 같은 그날이 지금의 일이 된다면 어떨까. 첫 아이가 이유 모를 고열로 간담을 서늘하게 했던 새벽을 경험하고서야, 해결책 있는 일은 더욱 이성적으로 받아들일 수 있다는 자신감이 생겼다. 아이를 키운다는 것은 굉장히 단순하고 반복적인 행위를 계속하는 것이다. 밥을 먹이고, 씻기고, 재우는 행동을 계속하다 보면 아이는 아주 조금 자라 있다. 나는 싫증을 잘 내는 기질이라서 사람들이 좋아하는 디자인이라도 그것을 꾸준히 발전시키지 않고, 다음 시즌에는 새로운 디자인을 뜬금없이 내놓곤 했다. 새것을 만드는 순간에 잠깐 재미를 느껴도 디자이너로서 역량을 키우기 위한 맥락은 뚝뚝 끊어졌다. 지금은 좋아하는 소재와 형태를 반복적으로 활용하는 시간을 즐긴다. 자신이 아름답다 여기는 것을 지속하면서 성장한다는 감각을 어렴풋이 느끼는 것이다.

반복은 행위의 개념뿐만 아니라 내가 매우 좋아하는 옷의 시각적인 요소로도 활용된다. 살면서 깨닫게 된 진리들이 디자인과 브랜드 운영 철학에도 녹아들어 클래식한 무언가로 남았으면 좋겠다. 우리가 알다시피 패션 세계에서 클래식이란 용어는 자주 등장한다. 패션 디자이너도 탐미하는 클래식은 시대를 초월해 사랑받으며 지속적인 가치를 지닌 것. 샤넬의 블랙 미니 드레스, 버버리의 트렌치코트, 이세이미야케의 플리츠처럼 하나의 관용어구가 만들어지는 시간을 가늠해 본다. 오래 사랑받는 것을 만들어내기란 얼마나 어려운지 말이다. 지금은 그 인내심을 배우는 단계이니 육아 초보와 같은 초조함은 넣어두고 넓게 보기로 마음먹었다. 그렇다면 클래식에 정답이 있을까. 그것을 나는 정답이라고 할 수 있을까.

최근에 좋은 답과 같은 것을 얻었다. 육아의 장점은 연결고리가 전혀 없는 곳으로 나를 이끌기도 하는데, 그것은 굉장히 큰 깨달음으로 다가오기도 한다. 큰아이 초등학교에서 학부모 대상으로 열린 '수포자 없는 수학 교육'에서도 클래식에 대한 힌트를 느낄 수 있었다. 아이가 주도하는 수학 공부를 해야 한다는 취지의 세미나에서 '수학은 아름다운 것'이라는 선생님 말씀이 디자이너로서 흥미롭게 다가온 것이다. 수학은 증명을 통해 존재를 명확하게 밝히는 학문이기에 대상에 무한한 애정과 존중이 있어야 한다고 하셨다. 그 과정을 전 세계 동일한 언어로 전하기 때문에 수학은 편견 없는, 아름다운 학문이라고.

놀랍게도 수능에 답을 모르면 1을 써야 한다는 속설은 어느 정도 맞다는 것도 알게 되었다. 수학은 존재를 찾아가는 학문인데, 그 존재를 증명하기 위해 아무것도 없는 0의 개념, 그 이상의 2 개념도 나온 것이다. 그리고 얼마가 부족한지 정의하는 마이너스도 존재한다. 즉, 수학의 근간을 이루는 개념은 존재를 증명하기 위해 1을 만들었다고 해도 과언이 아니다.

다양한 표현이 허락되는 패션 세계에서 클래식도 그 1과 같은 존재다. 그렇다면 나에게 1의 개념은 무엇일까? 현재 가장 집중하고 있는 지속과 반복의 개념일까? 세탁에 강한 실용적인 원단이 클래식과 같은 존재일까? 옷의 안쪽까지 한번의 호흡으로 만들고 싶은 마음에 고심하고 있는 봉제법일까? 나에게 브랜드 존재의 기준이 되는 디자인은 무엇일지 곰곰이 짚어본다. 금세 나의 클래식 아이템에 대해 주절주절 늘어놓고 싶은 충동이 일었지만 '무엇이 최고다. 무엇을 쫓는다' 라고 섣부르게 정의하지 않는다. 내면의 힘이 더 쌓이길 기다리는 것 또한 패션 디자이너의 일이다.

20대에 애써 지키려 했던 패션 디자이너의 삶이 넘치는 2였다면, 육아를 하며 운영하고 있는 지금의 '스튜디오 오유경'은 부족한 -1과 같다.
앞으로 나는 0과 같은 정체기를 겪을 수 있다. 그럼에도 -1의 경험에서 얻은 인내심과 담대한 정신력이 있고, 한번은 넘쳐본 경험이 있기에 미련도 없다.

내가 찾는 1은 기다림과 반복이다.

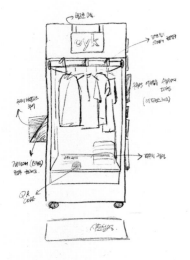

옷
만드는
과정

OYK는 2009년 런칭, 15년의 시간 동안 두 번의 큰 리뉴얼을 겪었다. 브랜드 리뉴얼을 결심했던 이유는 트렌드에 민감하고 회전이 빠른 산업 구조에서 굳이 지속해야 할 이유가 점점 사라지고 있다고 느꼈기 때문이다. 생각보다 한 브랜드가 빠르게 소비되는 속도는 나의 멘탈에도 영향을 줘 오래된 디자이너는 반기지 않을 것 같은 자격지심을 만들었다. 다음 시즌을 준비하는 과정이 점점 싫은 일을 억지로 해야 하는 것처럼 느껴졌을 무렵, 첫 리뉴얼을 진행했다. 어떻게 보면 현재 상황을 피한 것이기도 하고, 나에 대한 도전이기도 했다.

두 번째 리뉴얼에서 브랜드 이름까지 모스카에서 현재의 OYK로 변하게 된 결정적인 계기는 빠른 템포를 가진 패션 디자이너란 직업 자체에 회의감이 들어서였다. 그래서 그 무렵 나를 필요로 하는 업무 자체가 오히려 너무 소중하게 느껴져 디자인 작업 의뢰에 전력을 다했다. 이러한 프로젝트 업무가 현재의 스튜디오 기반의 회사 모습을 갖추게 했다. 그렇게 자연스럽게 스튜디오 오유경 또는 OYK로 변경되었다.

나의 백그라운드는 패션에 기반하기 때문에 프로젝트 협업도 옷 만드는 과정에 적용하여 사고한다. 문득 제대로 하고 있는지 의문이 들 때는 어느 지점에서 성장했고, 어느 지점에서 변화가 필요한지 옷 만드는 과정을 떠올리며 되짚어 봤다.

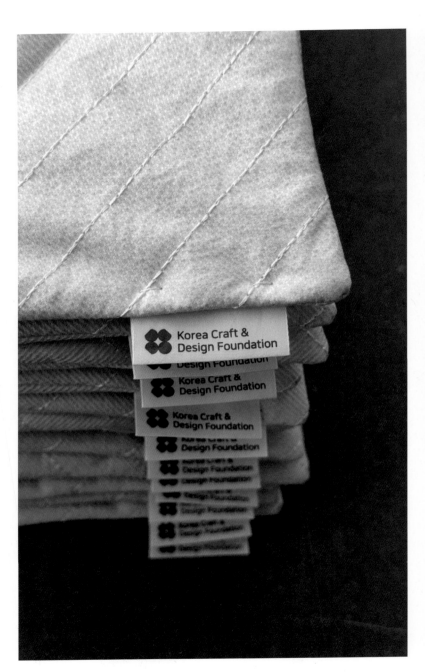

2024 Korea Craft Show's Docent Uniform in Milan

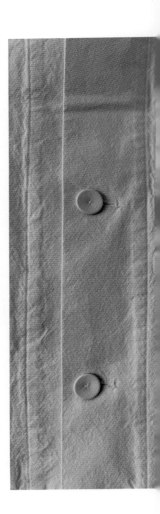

생각의 시작 — 솔루션 제시

스튜디오 오유경과 OYK 두 방향 일을 함께 운영하면서 명분을 가장 중요시하는 버릇이 생겼다. 내가 해야 하는 일에 대한 이유를 중요하게 생각하다 보니 예전처럼 흥미로운 사건, 이미지, 단어에 몰두하는 일이 적어졌다. 생각을 구체화하는 단계에서 당위성을 찾을 수 없으면 다음 단계로 넘어가기가 힘들어졌다. 그러다 보니 도전적인 디자인보다 상황과 대립되는 생각을 해결하는 방식이 옷만드는 과정에 자연스레 투영된다.

예를 들어, 브랜드가 상업적으로 지속할 수 있었으면 좋겠지만 쉽게 소비되는 것도 싫은 마음이 있어서 로고를 드러내는 디자인에 과도한 조심성이 있다. 옷을 대량 생산하여 많은 이와 나누고 싶지만 핸드크래프트(수공예)를 좋아해서 기계로 손맛을 전할 수 있는 봉제법을 고민한다. 모순되고 충돌되는 생각에서 출발하여 그 간격을 조율하는 것이 우리 브랜드가 잘할 수 있는 일이라 믿어본다. 그 믿음으로부터 일은 시작된다.

오유경

Design

A HOLE TO SEE
THE SKY THROUGH

YOKO ONO
'71

소재 리서치 — 원단 업체와 실랑이

소재는 우리 회사의 프로젝트나 브랜드에서 무척 중요한 부분을 차지하고 있다.

예전에는 동대문 시장이나 수입 업체에서 원단을 찾았고 개발해봤자 원단의 겉을 디자인하는 것이 전부였다. 현재는 여러 뛰어난 기업과 함께한 프로젝트 덕분에 가깝게 지내는 원단 업체도 늘었고, 브랜드로서 도전을 위해서도 다양한 원단을 개발하고 있다. 그러나 아무리 많은 원단 업체를 안다고 해도 우리처럼 소규모 업체가 원단 자체를 개발하기란 쉽지 않다. 우리나라 원단 업체는 전형적으로 대량 생산으로 성장한 회사이기 때문에 항상 큰 거 한방을 노린다. 그렇기에 그들과의 대화와 설득의 과정은 항상 고비다.

현재 가공 및 제작 업체의 대량 생산 업무가 제3국으로 넘어간 까닭에 아예 문을 닫는 곳도 많아졌다. 세상이 변화하고 있는데 아직도 전성기 시절의 대량 생산 수준을 고집하는 업체는 거르는 편이다. 생산 규모를 줄여서라도 살아남고자 변화하는 업체를 찾아서 지속적으로 같이 성장하는 것이 목표다. 2023년 겨울 컬렉션에서는 기계를 사용하면서도 핸드메이드의 착각을 일으키는 원단을 만들어내는 것이 첫 도전이었다. 누빔 원단에 자연스럽게 불규칙적인 누빔선을 담기 위해 기계에 원단을 반복적으로 세 번을 넣어 원

정용호

Design

하는 이미지를 만들 수 있었다. 이 과정에서 누빔 공장 사장님과 '된다 안된다'를 가지고 옥신각신하는 것이 중요한 업무 일과였다. 대량 생산 체계에서는 비효율적이지만 핸드메이드의 시선으로 보면 엄청난 비용을 절약한 것이다. 원단으로부터 그 조율 지점을 찾아냈을 때 굉장히 보람되다.

스케치 — 실루엣 시뮬레이션

메인 소재와 원하는 방향을 결정하면 스케치를 확인하며 실루엣을 정한다. 그전에 무수히 많은 타 브랜드 컬렉션을 살펴보면서, 어렴풋이 우리가 생각하는 실루엣이 나쁘지 않다는 확신을 얻고자 리서치를 한다. 약간의 확신이 생기면 스케치를 그리기 시작한다.

2023년도 시즌에는 플랫한 가운데 약간의 볼륨감 있는 실루엣이 특징이었다. 볼륨감이 몰려 있으면 의도적으로 직선을 내세워 그 형태를 중화시킨다. 볼륨감 있는 치마에 타이트한 상의가 오거나, 볼륨을 위해 접힌 턱이 직선 형태가 되도록 한다.

실루엣을 그리다 보면 자연스럽게 옷의 안쪽과 구석구석의 디테일을 생각하게 된다. 모든 패션 디자이너가 다 그런 것은 아니지만 우리 스튜디오의 디자이너들은 스케치를 잘하는 편이다. 그림만큼 효율적인 시뮬레이션이 없다.

아이템, 예산 기획 — 현실과의 타협

현실적으로 어떤 아이템을 만들어서 어떻게 팔 것인지 계획해야 할 때다. 이 과정을 먼저 시작하는 브랜드들도 있다. 실제로 어떤 아이템을 만들고 개발할지는 작년과 재작년의 성적표를 참고한다.

우리가 부족한 지점과 고객들이 좋아했던 아이템을 어떻게 발전시킬지 고민한다. 여러 차례의 회의를 거치며 실루엣 스케치 과정에서 무한으로 증식했던 생각의 꼬리는 과감히 잘려지게 된다. 대략적으로 정해진 예산에 맞춰 아이템이 정리된다.

가봉, 디테일 개발 — 다시 피어나는 판타지

아이템 가봉을 위해 도식화 작업하는 단계에서 디테일로 표현할 기법을 개발한다. 경우에 따라선 실제 사용할 디테일 요소를 작게 만들어본다. 조그맣게 만들기 때문에 대부분 다 예쁘다. 다시 자신감에 차서 비슷한 실루엣의 디자인이 조금씩 다르게 무한 증식된다. 도마뱀 꼬리처럼 디자이너로서 욕심이 다시 살아나기 시작한다.

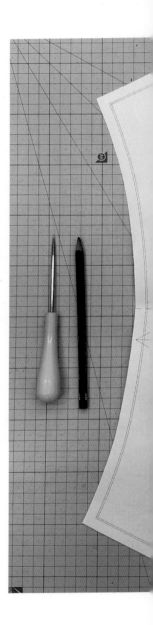

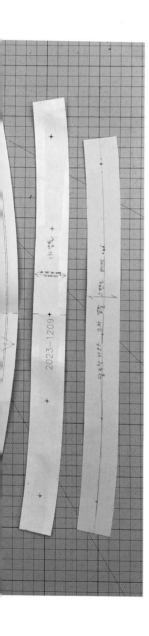

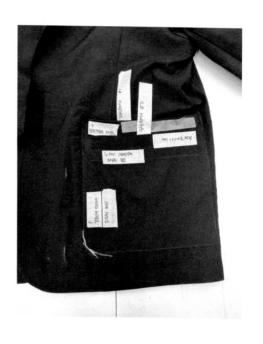

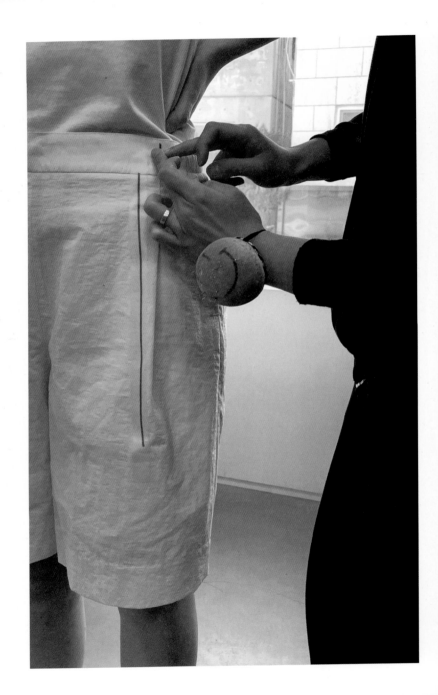

샘플 — 다시 현실과의 타협

아이템 리스트 중 주력 아이템과 전략 아이템을 각각 지정해 샘플을 만든다. 조용한 디자인에 비해 도전적인 소재를 많이 써보는 편인데, 그런 시도로 나온 샘플을 보면서 그것이 과연 돈을 주고 살 만큼 매력적인지 우리는 꼭 만들어야 하는 것인지 다시 생각하게 된다. 어떤 샘플은 나오자마자 마음에 딱 들 수 있지만, '내가 시뮬레이션을 게을리했구나' 후회하게 되는 샘플도 종종 만난다. 그런 디자인은 바로 아웃이지만, 미련 가득한 나는 붙잡고 놓는데 약간의 시간이 필요하다. 마지막으로 가장 신랄한 질문이 던져진다. 나라면 과연 이 돈 주고 이 옷을 살 수 있을까? 사람들에게 얼마나 팔릴지? 이때 또 우르르 아이템들이 아웃된다. 미래에 정답은 없지만, 예산의 한계에 정답을 맞추기 위해 머리 싸매고 고민한다.

생산 — 사람이 만든다

대형 프로젝트를 진행하면서 큰 공장을 많이 알게 되었다. 예전보다 운신하는 공장의 폭은 넓어졌는데, 그럼에도 점점 공장 선택의 폭이 줄어들고 있는 실정이다. 사라지는 공장이 많다 보니 어느 정도 운영되고 있는 공장에 일이 몰린다. 문제는 일이 몰려도 업무를

Design

처낼 수 있는 인력이 부족하다. 15년 동안 같이 일하고 있는 사장님은 그때도 지금도 머리가 하얗다. 봉제 산업에 새로운 젊은 인력의 유입이 쉽지 않다. 한국에서 옷을 계속 만들고 싶다면 패션 디자이너가 봉제 공장의 인력 육성을 위해 팔 걷어붙이고 나서야 할 날이 금방 올 것 같다.

옷 만드는 공장에는 재봉틀 외에도 다양한 기계들이 작동된다. 그러나 인공 지능이 많은 일을 대신 해주는 최첨단 산업에 비하면 거의 수공업이라고 여겨질 정도로 사람의 손을 많이 거쳐야 한다. 세련될 것 같은 패션 산업은 인력으로 만들어지는 역사 깊은 2차 산업 분야 중 하나다. 공장에선 그 과정이 한눈에 들어온다.

검수 — 결국 사람이 다한다

검수는 100퍼센트 완벽하게 이룰 수 없다. 사람이 만든 것을 사람이 검수하기 때문이다. 사람이기에 그 기준이 모두 다르다. 누구의 눈에는 괜찮은 정도가 누구의 눈에는 어김없이 불량으로 느껴진다. 옷을 만든 디자이너가 직접 일일이 검수하는 것이 가장 이상적이겠지만 그렇게 하면 옷 가격이 엄청나게 비싸져야 한다. 그래도 최대한 검수 업체도 이용하고 검수 담당자가 있지만 B급 제품이 간혹 고객에게 전달되기도 한다. 그렇게 되면 반품이나 교환 문의가

들어오는데, 손님들이 불량품을 발견했을 때 화끈거리고 부끄러운 마음은 설명이 어렵다. 100퍼센트에 도달할 수 없어도 가까이 다가가기 위해 다방면의 아이디어를 적용하고 있지만 역시 어렵다.

배송 — 존중받고 싶은 마음

배송용 박스나 비닐을 사용하지 않고 우리가 만든 택배 가방 안에 옷을 담아 보내드리고 있다. 이제는 우리의 택배 가방을 모으는 분도 있고, 매장에 그 가방을 들고 와서 옷을 담아 가는 분도 있다. 이 시작은 브랜드 매니저이자 기획자인 남편의 아이디어였다. 열심히 만든 옷을 정성껏 포장해 보내고 나서도 간혹 너무 막무가내로 다뤄 오게 되는 반품 때문에 디자이너로서 고민하고 제작하는 마음을 포장에서부터 담았으면 했다.

처음에는 비용이 너무 많이 들어 이렇게까지 하면 브랜드 운영에 영향을 주지 않을까 싶어 반대했다. 먼저 시범적으로 가방을 만들어 제공해 보니 반응이 좋기도 하고, 조금은 정성스럽게 반품 옷을 보내주셔서 적극적으로 사용하고 있다. 물론 비용에 대한 고민이 있었다. 과잉 생산되어 버려질 수밖에 없는 원단을 대량 수급해서 재사용하고 하는 것으로 해결책을 마련했다. 그렇게 비용 문제를 해결하면서 환경친화적인 생산을 위해 노력하고 있다.

촬영 — 스케치의 실현

촬영의 시간은 어느 정도 확신을 갖게 해준다. 생각에서부터 출발한 리서치, 스케치, 샘플로 이어지는 과정을 볼 수 있기 때문이다. 그러다 보니 촬영 현장의 분위기나 옷을 입은 모델의 매력도로 이번 시즌의 평가를 가늠해 보기도 한다. 물론 촬영의 결과물이 좋다고 그 시즌이 무조건 흥하지는 않지만.

사진 촬영을 기점으로 일상에서 옷을 보여주기 위한 콘텐츠를 이어서 제작할 차례다. 최근 많은 분이 모델 화보보다 자연스러운 일상 모습을 궁금해하다 보니 내가 신상을 입은 사진을 가끔 인스타그램에 올린다. 이 부분만 잘해도 우리처럼 작은 브랜드의 약점인 마케팅과 홍보에 도움이 되는데, 참 어려운 부분이다. 나의 일상은 단조롭고 누군가가 날 보고 구매 욕구를 일으킬 정도로 매력적인 스타일도 아니어서 말이다. 브랜드의 판매와 얼굴을 담당하는 많은 실장님을 보면 부럽기도 하고, 브랜드에 도움이 안 되어 팀원들에게 가끔 미안하다. 시즌 화보를 멋지게 찍어도 그것만으로는 콘텐츠가 항상 부족하다. 어떻게 효과적으로 SNS를 활용해야 하는지 언제나 고민이 많다.

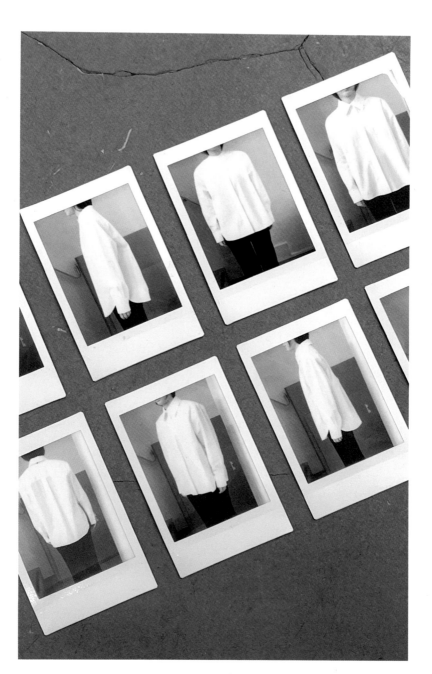

홍보 마케팅 — 그게 무엇인가요?

내가 잘하지 못하는 부분이다. 홍보와 마케팅, 이 둘은 친구 사이가 분명하다. 하지만 나랑 친구는 아니다. 엄연히 따지면 나는 동아 TV 〈패션 디자이너 서바이벌〉에 출연해 나름 수상했다. 온스타일의 〈프로젝트 런웨이 시즌 4〉와 〈올스타전〉, 이렇게 세 프로그램에 나왔으나 그 영향력을 제대로 사용하지 못할 정도로 그쪽 방면으로는 영 소질이 없다. 당시에는 나를 알릴 소통 창구가 없어서 꾹 참고 몇 번이나 나간 것이다. 그런데 나의 성향은 그 채널이 집에 나오지 않는다는 이유로 내가 나온 프로그램을 시청하지 않았을 정도로 무심한 편이다.

역시 아무리 강력한 홍보 마케팅 방법이 있더라도 나와 맞지 않으면 큰 시너지가 나지 않는다. 최근 우리처럼 작은 스튜디오나 브랜드에서는 고객 소통이 마케팅과 홍보에서 가장 중요한 부분으로 자리잡았으나 우리 스튜디오는 아직 어떻게 시작해야 할지 발걸음도 떼지 않는 수준이다. 2024년에는 브랜드와 잘 맞는 홍보 방향을 찾기 위해 다양한 시도를 해보려 한다. 이렇게 글을 쓰겠다고 덜컥 계약한 것도 나름의 시도 중 하나다. 그래서 이 책이 잘되었으면 좋겠다.

오유영

Design

판매 — 성적표 받는 기분

잘 파는 것은 언제나 어렵다. 당장 판매가 좋더라도 고(go)와 스톱(stop)을 잘하지 못하면 밑지는 장사가 되기도 한다. 판매 상황이 좋아서 재생산을 했는데, 안 팔리면 결과적으로 재고만 늘고 판매 이익은 감소한다.

장사는 설득의 과정이다. 고객의 마음을 흔들어 그들이 노동 대가로 받은 재화를 우리가 만든 옷으로 교환하는 것. 그러니 옷이든 무엇이든 팔려면 사야 할 이유가 그 안에 꼭 담겨야 한다. 따뜻한 리뷰는 옷이 만들어지는 기나긴 과정을 잊게 만드는 역할을 한다. 따끔한 리뷰는 내가 놓쳤던 것을 다시 들여다보게 된다. 최대한 세일하지 않으려 노력하지만 항상 쉽지 않다. 모든 아이템이 다 잘될 수는 없지만, 내가 샀던 옷이 얼마 후 할인 이벤트나 세일을 한다면 얼마나 속상할까. 자본주의가 그러하다고 냉정히 말할 수 있지만 세일 시즌 때는 항상 죄송하다.

결국 우리가 최대한 세일하지 않아도 되는 디자인을 만들고, 브랜드가 되면 된다. 우리의 목표 중 하나지만 쉽게 이룰 수 없어서 매번 씁쓸한 마음으로 시즌을 마무리한다. 우리 팀은 기운 내서 다시 세일 없는 브랜드를 꿈꾸며 다음 시즌을 준비한다.

다음 시즌 ─ 끝과 시작

6개월마다 새 시즌의 일을 겪어내고 있다. 우리는 일을 하고 돈을 벌어야 하기에 계속 무엇인가를 만들어야 한다. 지구는 끊임없이 돌고 계절도 연속적으로 바뀐다. 그래서 시즌이 끝나기 전에 다음을 미리 생각해 둬야 한다.

생각의 시작은 자유로운 상상이 가능한 지점이라고 즐기는 편이다. 다만 프로젝트나 컬렉션이 마무리되지 않았는데 다른 이미지가 머릿속에 피어오르고 삐져나온다. 나의 아주 큰 단점은 마무리를 짓기 전에 다른 흥미 있는 디자인으로 관심사가 옮겨 가는 것이다. 스튜디오 오유경에서 진행하는 프로젝트들은 정해진 기간 내 끝나야 하는 명확한 과업이므로 그런 단점을 조금씩 극복하면서 성장을 느낀다.

첫째 아이가 꽤 오래 바둑을 배웠는데, 바둑 용어에서 활로는 중요한 의미다. 활로가 많아지면 승부를 볼 수 있는 지점이 많아져 바둑 자체가 더 흥미로워진다. 바둑판은 인생의 축소판이라는 비유가 떠오른다. 프로젝트와 컬렉션의 끝도 활로와 같은 셈이다. 마무리 짓는 지점이 많아질수록 내가 상상하고 선택할 수 있는 디자인의 시작이 다양해진다.

옷고름
풍경에
대하여

경복궁 주변에 사무실이 있어서 한복 입은 외국인을 많이 본다. 설렘 가득한 표정으로 경복궁 주변을 두리번거리는 그들의 차림새에 나는 더욱 시선이 간다. 자세히 보면 왕도 있고, 새색시와 도련님도 있다. 한복을 입고 즐거워하는 다양한 캐릭터의 움직임을 바라보면 뿌듯하면서도 얼굴이 화끈거려지기도 한다. 몇몇 한복은… 싸구려 포장지로 급히 만든 듯 영혼 없어 보이기 때문일까.

이 풍경은 사실 한복을 입고 궁을 방문하면 무료 입장할 수 있다는 정책으로 '만들어진 풍경'이다. 우리 옷을 알리기 위해 관람객이 문화재 입장료를 한복 대여소에 가져다준 식이 되었다. 어찌 보면 한복 대여소는 혜택을 받고 있는 셈인데, 요란하고 근본 없는 자수로 빡빡하게 뒤덮인 한복을 마주할 때면 한복 상점에 한마디하고 싶은 마음을 억누르기 힘들다. 리본처럼 맨 고름을 마주칠 때마다 속상해진다. 고름이라도 제대로 매어주었으면, 아쉬운 마음이 드는 것은 옷 만드는 사람으로서 어쩔 수 없다. 사실 한복 대여소는 정책에 맞게 적합한 절차를 걸쳐 장사하고 있는 것인데, 망가진 한복의 이미지는 누가 개선할 수 있을까. 물어볼 대상이 있기나 할지 헷갈리고 만다.

서양의 드레스 같은 실루엣을 완성해 주는 속치마. 한복 밑으로 삐져나온 속치마 내부는 공주님 치마처럼 띄우기 위해 페티코트를 사용하였다. 풍성한 실루엣에 짧은 저고리를 매치하여 국적 불명 공주님을 만들기 위한 노력이 느껴져, 한편으론 무섭기까지 하다. 해외 관광객은 이 체험을 경복궁을 들어가기 위한 전통 코스프레쯤으로 생각할까. 진정한 한복 체험으로 기대하고 있을까. 입장료를 아끼려는 수단으로 여기거나 대여소 옷을 진짜 한복의 모습으로 생각하더라도 모두 속상하다. 그렇다면 우리는 이러한 한복에서 전통의 모습을 발견할 수 있을까.

우리가 떠올리는 전통 한복의 형태는 조선 후기 때 완성되었으나 그 기원은 고구려 고분 벽화에서 보이는 복식에서 이어진 것이다. 굴곡이 많은 역사 속에서 비약적인 성장을 거친 우리에겐 '한국적인 미'에 대해 제대로 고민하기 어려운 현실이 있었다. 전통이 현대화되는 과정이 체계적으로 자리잡지 못했기에 현대까지 이어지는 한복의 의미는 더욱 값지다. 우리나라의 아름다움을 풍경처럼 바라볼 수 있는 특유의 미가 우리 옷에 있다고 생각한다. 그 아름다움에 대해 백번 설명하는 것보다 제대로 입고 경험해야 여운이 더 클 것이다.

한복의 미에 대해서는 우리 모두 익히 들어 알고 있을 테다. 곡선과 직선의 어울림, 색상의 조화, 특유의 비례감 등 많은 것을 담고 있는 옷. 나는 그중 옷고름을 참으로 좋아한다. 옷고름은 동아시아 전반에 나타나는 특징이지만 한복의 고름은 더욱 특별해 보인다. 고려 시대부터 내려온 고름은 기능성과 더불어 한복의 실루엣에 리듬감을 부여한다. 바람의 세기에 따라 이쪽으로 저쪽으로 다르게 움직이는 긴 고름은 마치 의지력이 있는 생명처럼 보인다. 나는 한복을 생각하며 한옥의 처마 밑에 달린 풍경을 한 세트처럼 떠올린다. 바람에 따라 달라지는 소리와 움직이는 고름은 주변 풍경을 굉장히 입체적이게 만든다. 사계절이 뚜렷한 우리나라의 자연을 절로 끌어안는 느낌을 받는다.

더욱 흥미로운 점은 마냥 감성적이지 않은 옷이라는 것. 특히 동정과 닿은 깃 부분의 홈질을 느슨하게 해 탈부착이 용이하게 한 부분이 그렇다. 부분 세탁이 가능해 항상 정갈한 느낌을 풍기면서 오래도록 입을 수 있는 생활 밀착형 옷이다. 한복을 만들다 남은 원단을 모아 그 아름다운 조각보로 바느질했던 마음씨에도 우리나라 여인들의 지혜가 담겨있다.

전통 한복을 그대로 재현한 일이 아니더라도 '한복과 한국적인 아름다움'을 꼼꼼히 관찰해야 하는 프로젝트에 몇 번 참여한 적이 있다. 개화기의 전통 복식 원단을 복원하여 현대적인 일상복으로 만들었던 프로젝트가 기억에 남는다.

'통영 송병문가 복식 기증전'의 귀한 자료에 큰 도움을 얻었는데, 서양 문물이 한참 들어오던 1940년대 당시 복식을 볼 수 있었다. 한복의 과거와 현대, 그리고 그 사이 변화의 경계를 직접 눈으로 확인할 수 있는 시간을 경험했다. 특히 그 당시 도입된 서양식 직조 방법에 한국적인 무늬를 넣은 원단들이 참 아름답다. 그래서 복식 자료의 원단을 복원해서 현대에도 충분히 입을 수 있는 고운 옷을 만들기 위해 고민할 기회로 다가왔다.

송병문가의 유물에서 배자를 양복 조끼처럼 개조한 흔적이 있는데, 나도 저고리의 평면 패턴을 응용해서 셔츠를 만들었다. 그 셔츠 주머니에 얇은 흰색 실크 원단을 덧대어 우리 옷에서 깃이 주는 깨끗한 인상을 슬쩍슬쩍 보여질 수 있도록 했다. 실크 노방에는 우리네 여인들의 지혜로움을 담고자 주머니 안 공간을 분리하는 기능도 더했다. 단순히 아름다움만을 위해 존재하지 않도록 신경 쓴 요소다. 그리고 드레스 앞에는 넉넉한 길이의 끈을 달아 체형에 따라 길이를 조절할 수 있는 고름처럼 유용하면서, 그 자체로 아름답게 움직일 수 있게 했다.

전통 복식에서 영감을 받아 한복 디자인을 하면서 든 생각은 내가 경복궁 주변의 많은 한복 대여소의 한복을 보면서 던진 의문과 비슷한 지점이 있다. 현대적으로 해석한 것이 전통이라는 이름과 같은 범주에 놓일 수 있는지에 대한 근본적인 고민이었다. 그것에 대한 힌트는 서양 복식사의 수업 목표에서 얻을 수 있었다.
'시대적 배경과 그에 따른 복식 유행을 흐름을 파악하고, 디자인 아이디어 발상을 더욱 풍부하게 하여 현대에 맞는 새로운 디자인을 만든다.'

한복을 그대로 복각하지 않는다면 그것은 한복이 아니고 새로운 현대 의복이 아닐까. 물론 조선 후기와 개화기의 한복이 다르듯 현대 한복의 형태도 다르다. 과거부터 이어진 변화 흐름에서 한 허리를 잘라내기는 힘들 것이다. 그렇지만 우리는 이제라도 아름다운 궁 옆에 자리한 무수한 한복 대여소를 바라보면서, 전통과 그에 영향을 받은 다양한 결과물을 정리하는 작업이 필요하다고 생각한다. 예를 들어 조선 전기와 후기 한복, 현대 한복, 이렇게 시대를 구분 지어 지금의 한복 대여소에 내어놓을 수 있지 않을까.

한국에서 나고 자란 패션 디자이너로서, 하필 경복궁 옆에 사무실이 있는 디자이너로서 기회가 되면 한번은 꺼내고 싶은 이야기였다. 그 다양한 한복을 막연히 다 우리 옷이라고 칭하기엔 마구잡이로 소비되는 우리 문화유산이 너무 아까웠다.

수영하는
사람

나는 고졸 디자이너다. 고등학교 졸업 후 학위가 나오지 않는 학교를 선택해 지금껏 패션 디자이너로서 활동하는 데 불편함을 느껴본 일은 거의 (다음 사례를 제외하고) 없다.

그런데 패션 디자이너로 활동한 지 15년 차 정도 되어 강의 제안을 받았을 때, 해당 서류를 제출하는 과정에서 왠지 모를 소외감을 느껴봤다. 나에 대한 인적 사항을 적는 서류에 학위 칸은 굉장히 많은 범위를 차지했고, 디자이너로서 활동 이력을 적는 항목은 아예 없거나 있어도 굉장히 적었기 때문이다. 적은 것이 거의 없는 서류를 제출하면서 내가 수업을 할 수 있는 사람인가, 근본적인 생각이 들었다. 현업에서 일하는 사람으로서 앞으로 후배들이 될 친구들에게 시장의 흐름에 대해 공유할 수 있는 부분이 있다고 생각해 강의 제의를 수락했지만, 정작 제도권 교육의 벽이 '학위가 없어 결국 고졸'인 나에게 부담스러웠던 것은 사실이다.

2~3년 동안 몇 개의 수업을 맡으면서 제자라고 하기에도 민망할 정
도의 짧은 인연들이 우리 스튜디오를 거쳐갔다. 보통 나는 사무실
업무 외 미팅, 미팅, 미팅 후 퇴근하는 경우가 잦기 때문에 그 친구
들과 학교에 있을 때보다 많은 이야기를 나누기 어렵다. 어쩐 일인
지 제자와 같이 차를 마시게 된 날, 불쑥 이런 질문을 받았다.
"교수님은 어떤 디자이너가 되고 싶어요?"
스튜디오의 팀원들은 바로 현장에 투입되어 이런 질문을 거의 하
지 않는다. 그러니까 기자가 취재 인터뷰를 위해 준비한 질문 중 하
나가 아니고서는 최근엔 들어본 적이 없는 내용이었다. 이제는 영
말하기 쑥스러워진 주제인 것도 사실이라 그때는 멋없이 짧게 얼
버무리고 말았던 것 같다. 그 친구에게 그리고 그런 질문을 던지는
어느 디자이너에게 지금이라도 마음을 전하고 싶어 오늘 이렇게
남긴다.

동기에게

동기야, 그때 어떤 디자이너가 되고 싶은지 물었지. 우리의 직업과
우리가 하고 있는 일에 대해 내가 가볍게 넘긴 거 같아 마음에 항
상 남았어.

이제야 그 질문에 이야기를 전한다. 디자이너는 바다 같은 세상에서 살아남고자 다양한 방법으로 유영하는 사람이라고 생각해. 튜브를 타고 조류에 몸을 맡기듯 트렌드 흐름에서 잘 살아남는 디자이너도 있고, 조류와 반대 방향으로 힘차게 역행하는 디자이너도 있어. 그들에겐 자신에 대한 확고한 믿음으로 역조류를 헤쳐 나갈 체력이 있어야 하겠지. 쉽게 지칠 수 있으니까. 어떤 디자이너는 섬을 찾아내 그 안에서 자신의 세계를 만들기도 해. 우리가 아는 그런 기념비적인 디자이너는 모두 여기에 속할 거야. 우리 모두가 바라는 이상적인 디자이너의 모습일지도 모르지. 확실한 건 모든 디자이너는 자신이 가지고 있는 능력과 한계를 가늠하고 바다 위에서 둥둥 떠다니는 존재야. 사실 나는 어떤 디자이너인지 잘 모르겠어. 내가 섬을 찾아낼 수 있는 강력한 지도력이 있는 디자이너는 아닌 것 같고. 바닷물의 흐름을 역행할 만큼 패기 넘치는 디자이너인지도, 트렌드의 물결을 타고 다니는 영리한 디자이너인지도 모르겠어. 다만 아직 바다 위에서 수영하고 있는 사람은 분명해.

뜬금없는 바람일 수 있지만 나의 섬보다는 그래도 적당히 튼튼한 배가 있었으면 좋겠어. 어떤 날은 돛을 내려 바람을 타고 부드럽게 항해하다가 가끔은 힘찬 모터를 이용해 역행하고 싶어. 맘에 드는 섬을 발견하면 잠시 머물며 쉬기도 하고. 이렇게 섬을 여행하듯 흘러가다 어느 곳에서 나를 필요로 하는 일이 있다면 디자인도 도와주고, 우리 옷도 만들며 살아가는 것은 힘들까. 그러다가 그 섬에 정착해서 나 갑자기 패션 안 하고, 만화 그리겠다고 할지도 몰라.

만들고 싶은 옷이 있냐고 물으면 이제 그건 좀 더 나은 답을 할 수도 있을 것 같아. 나는 수영도 시도 좋아하는데, 시에는 공감각적 심상이란 게 존재하잖아. 수영을 좋아하는 이유는 사실 별거 아니고 챙겨온 샴푸와 린스가 요긴하게 쓰이는 게 참 좋아. 그 샴푸를 쓰고 그 향기가 코끝을 자극하면 마치 여행지에서 느끼는 즐거운 기분이 눈앞에 그려지는 거야. 그런 옷을 만들었으면 좋겠다. 하나의 감각이 동시에 다른 감각을 잔잔히 불러일으키는 옷이라면 참 근사할 거야. 그래서 그 옷이 옷장에서 오래도록 사랑받았으면 좋겠어. 우리의 일과 바람은 때로 구체적이지 않아서 참 어렵지만 그래서 계속 시도하고 시도할 수 있지. 제풀에 지쳐 바닷속에 가라앉을 수도 있지만. 그게 두려워서 이런 마음에 대해 잘 말하지 않기도 해.

생각해 봤는데, 패션이란 바다에는 디자이너만 필요하지 않아. 모두 크리에이티브 디렉터가 되어 선장 노릇을 하지 않아도 되는 거였어. 잠시 배를 정비하기도 하고, 더 깊은 곳으로 잠수해 들어가도 되는 일 같더라. 나 또한 패션의 어느 부분이 되어도 전혀 이상하지 않아.

2022. 8. 23 oh yu kyoung

우리는 왜 이 바다로 모여들게 되었을까. 각자 하나의 자격지심을 가지고 이 바다에 풍당 빠졌다고 생각해. 자신에 대한 콤플렉스가 있는 사람들이 더 오래 살아남을 수 있을 거야. 우리에겐 모두 부족한 것이 존재하고 그것을 메꾸기 위해 패션을 선택했다고 생각하거든. 그만큼 더 간절한 거지. 자신에게 결여된 자신감, 아니면 주변의 멋진 사람과 비교하면서 느끼는 박탈감이라든지. 난 내가 패션에 어울리는 사람인지에 대한 근본적인 고민이 있었어. 나는 패션 디자이너지만 옷을 못 입는 디자이너거든. 디자이너는 겉모습부터 특별해야 한다고 생각한 적이 있는데 지금은 스스로 특별하지 않아도 디자인하는 이유에 대해 생각해. 그러면 절로 특별해지거든. 한정된 재화와 상황으로도 충분히 멋진 무엇을 만들고 공유하는 사람들이 디자이너야. 그 사실 하나만으로 나의 못난 부분이 채워지는 것 같아.

우리 스튜디오를 다니면서 자기는 패션 디자이너 일은 맞지 않는 것 같다. 그렇지만 여기서 무언가 만드는 일은 더 좋아져서 이 세계에 대해 더 알아가고 싶다고 했지. 패턴사 직업에 흥미를 느껴서 좀 더 공부하고 싶다고 우리 스튜디오를 떠났던 날이 생각난다.

2년 동안 너무 고생했어. 그때는 스튜디오에서 더 오래 작업했으면 하는 마음이 앞서서 그 고민을 더 깊이 들어주지 못했어. 그 마음도 계속 남아있었거든, 이제는 정말 같은 업계에서 일하는 동료가 되었네. 나는 디자이너, 너는 패턴사로 최선을 다하다가 또 좋은 작업으로 만나자. 항상 잊지 않았으면, 바라는 점은 모두에게 멋지게 보이지 않아도 된다는 거야. 패션은 무수히 많은 직업이 함께하는 다채로운 세계니까. 너의 선택을 응원할게.

차 마시러 놀러 오렴.

2024년 3월 23일, 오유경 씀

그동안 모스카에서부터 OYK로까지 무수히 많은 아르바이트생, 인턴, 직원을 만났다. 그들이 여전히 패션에 몸담고 있는지 나는 미처 다 알지 못하지만 패션에 대한 낭만과 추억 하나씩은 간직하고 있으면 좋겠다. 언제든지 나는 함께 차 마실 준비를 하고 있겠다.

STUDIO
OHYUKYOUNG

FASHION

Time

&

이
민
경

갑자기
사라지는

옷

좋아했던 것들이 갑자기 눈앞에서 사라질 때 잠시 우주의 시간이
멈추는 것 같은 기분이 든다.

언젠가부터 좋아하는 것들이 생겨도 단번에 사지 않게 되었다. 직
업병의 영향일까, 혹은 시행착오와 경험치가 쌓여서일까. 세상 아
름다운 것들을 가장 먼저, 가까이에서 접하고 살아온 패션 에디터
의 시간이 내게 준 것은 역설적이게도 머뭇거리는 마음이다. 이럴
때 없나. 가지고 싶은 것을 계속 오래 보다 보면 어느새 이미 내 것
이 되어버린 듯한 착각. 굳이 품에 넣지 않아도 보기만 해도 충분히
좋은 것들이 되어버린다. 무언가가 우리에게 오는 것은 옷이든 가
구든 사람이든 적당한 때가 있다고, 그렇게 생각하게 되었다. 그리
고 억지로 무리할 필요가 없다는 걸, 내 마음과는 다르게 불현듯 떠

나버리는 것들을 바라보며 깨달았다.

가루이자와로 여행을 떠난 몇 해 전 가을 날, 나는 그림 같은 호텔에서 좋아하는 남색 티셔츠를 처음 입었다. 값비싼 것은 전혀 아니었는데, 정말 마음에 드는 것 앞에서는 주춤주춤 망설이게 되어 한참을 고민하다 산 옷이다. 입었더니 역시나 착용감이 정말 좋았다. 면이 톡톡하면서도 부드럽고, 품은 넉넉했다. 어떤 옷을 입으면 남자친구나 남편의 작아진 옷을 빌려 입은 것만 같은 착각이 들 때가 있는데, 오버사이즈 때문만은 아니고 그 옷이 나를 감싸주고 보호해 주는 것 같은 기묘한 기분이 들어서다. 그 티셔츠도 입는 순간 내게 그런 기분을 주었다. 세상에는 굳이 설명하지 않아도 좋은 사람이 있는 것처럼, 그런 옷도 있다. 친한 친구와 늦은 새벽까지 수다를 떨다가 다음 날 낙엽이 소복이 쌓인 숙소 앞 정원을 산책한 후 느지막이 도쿄 집으로 돌아왔다. 그러다 시간이 흐른 어느 날 문득, 그 티셔츠가 집 안에서 안 보인다는 것을 알게 되었다. 뒤지고 뒤져도 소리 소문 없이 사라진 안개처럼 보이지 않았다. 분명 집에 들고 왔던 것 같은데 아무리 찾아봐도 없었다. 티셔츠 쪼가리가 뭐길래, 또 사면 그만인 것을 나는 며칠을 속상해했다.

작별 인사 없이 어느 날 사라지는 옷들은 대체 어디로 간 것일까, 때로 매우 궁금해진다. 편집숍에서 산 은팔찌도 마찬가지였다. 마음에 드는 걸 오래 찾아 헤매다 겨우 발견했던 체인 팔찌였다. 적당한 굵기에 과하지 않은 광, 무겁지 않은 무게 또한 좋았다. 무엇보다 팔목을 움직일 때마다 경쾌한 소리를 내는 게 기분 좋았다. 마치 내게 반짝 윙크한 듯. 어느 날인가 SNS에 올렸더니 패션업계 친구가 단번에 알아봤다. "언니 이렇게 예쁜 팔찌 생각보다 잘 없는데. 어디 거예요?" 한두어 번 착용했다. 그 아이는 또 원래 없었던 것처럼, 나에게 쌩 하고 토라진 사람처럼 자취를 감추었다. 외부에 풀어놓은 적은 단 한번도 없으니까 거참 귀신이 곡할 노릇이다.

가격과 브랜드를 떠나서 마음을 주고 아꼈던 아이템들 중 날개를 달고 훨훨 날아간 것들은 살면서 꽤 된다. 어릴 적부터 아빠가 선물해준 시계며 아끼던 반지며, 와인 빛 캐시미어 니트 모자, 오버사이즈의 회색 재킷…. 생각해 보니 셀 수가 없네. 만약 이 상황을 애정하는 작가 무라카미 하루키에게 말했다면 그는 이렇게 대꾸하겠지. "저기, 실은 날개가 아니라 발이 달렸을지 모른다네, 후후" 하고 뒤에서 빙그레 웃을지도. 비단 나의 부주의였을까, 아니면 정말 짙은 밤, 저승사자가 찾아와 내가 좋아하는 것들만 쏙 빼돌려 암흑의 소용돌이 안으로 내던진 것일까.

비단 옷만의 이야기일까. 살다 보면 이해하지 못하는 일들이 수두룩하다. 돌연히 하루아침에 사라지는 사람들도 있다. 불과 며칠 전까지 사랑했던 연인이 연락이 두절된 채 그냥 그대로 잠수를 탔던 때. 할 수 있는 것이 없어 며칠을 마음 졸이며 연락을 기다리다가, 어떤 날은 무책임하고 무례한 태도에 화가 머리 끝까지 났다가 (그래도 잠수는 타지 말죠!), 그 친구에게 무슨 일이 일어난 걸까 걱정하는 마음으로 뒤범벅이던 때. 그러던 어느 날엔가 홍길동처럼 아무렇지 않게 나타나더니, 얼마 후 갑자기 또다시 잠적을 해버린 사람. 그런가 하면 서서히 물들 수 있는 관계 속에서 의사 표현 하나 하지 않은 채 홀연히 사라져 버린 사람도 있었다. 생각해 보면 나는 천천히 상대방을 알아가는 타입인데, 그래서 신뢰를 쌓아가는 시간이 필요했던 건데, 상대방은 처음부터 와락 내게 모든 걸 줄 듯이 안겼다가 내가 잠시 당황해하며 한 발짝 뒤로 물러서자 그 마음을 어느새가 눈치 채고는 어느 순간 조용히 증발해 버렸다. 돌아보면 특별한 계기나 언쟁이 있었던 것도 아니나 분명한 건 둘 사이에 눈치챌 수 없을 만큼 작은 균열이 생겨났고, 그 구멍이 어느 틈엔가 커져버려 사이를 무너뜨렸을지도 모르겠다. 하지만 당시 나는 이유를 묻지 않았다. 우리의 모든 감정에 이유를 댈 수는 없는 노릇이다. 그저 함께 보낸 시간들, 그래도 나름 내가 품을 들이고 신경을 쓴 그 시간들이 모래성처럼 흩어졌을 뿐이다. 모든 것은 함께 일구는 땅 같은 것. 어떻게 보면 싹을 틔우고 열매를 맺기는커녕 땅이 채 단단해질 충분한 시간을 갖지 못한 탓이다.

일본에 사는 지난 6년의 시간 동안 슬프게도 나는 가족, 친구를 포함해 세 명의 사람을 잃었다. 시장에서 엄마를 놓친 듯한 꼬마가 느낄 법한, 머릿속이 새하얘진 것 같은 충격을 받았다. 불과 며칠 전까지 통화하며 다정한 장난과 공감을 나누던 사이였는데 그들은 하루아침에 각자 다른 이유로 허망하게 이 세상을 떠났다. 그중에는 차마 물어보지 못한 사람도 있다. 남은 자의 슬픔을 감히 헤아릴 수 없기에 나는 아무 말도 하지 못한 채 베개에 얼굴을 묻고 꺽꺽 울었다. 나의 20대와 30대의 한때를 함께 보낸 이들에게 제대로 된 작별 인사를 하지 못한 것을 후회할 뿐이다. 아직 그들과 나눈 문자와 음성을 지우지 못했다. 아마 지우지 못할 것이다. 그들은 분명 오랫동안 실제로 존재했고 우리는 함께 좋은 시간을 보냈으므로.

그러니 옷이 뭐라고. 내가 사랑하는 옷은 아무리 사랑해도 그저 옷일 뿐이다. 수많은 옷에 파묻혀 산 지난 시간 동안 내가 깨달은 것은 어쩌면 옷은 그저 옷일 뿐이라는 사실일 것이다.
브랜드도 명성도, 하루에 몇 개밖에 생산 안 되는 제품도 그렇다. 매일같이 세상의 아름답고 값비싸며 좋은 것들을 보면 눈에도 면역력이 생기는 걸까. 분명 지금은 실재하는 것이지만 세월이 흐르면 흘러가 버린다는 것을, 때로는 모든 게 허상임을, 혹은 그 어떤 것도 언젠가는 사라진다는 걸 잘 알고 있다. 무엇보다 모두 내 것이 될 수 없다는 것도 알게 된다. 그것이 화려한 패션의 세계가 알려준 메타 인지다. 물론 그럼에도 남아있는 불멸의 작품도 있고, 개중에는 세상을 바꾸는 혁신적인 아이템도 존재한다. 다만 그 실체의 본질은 사실은 그 물건에 담긴 디자이너의 정신이요 생각이지, 물건 자체가 아니라는 것. 그런 의미에서 '패션은 가도, 스타일은 남는다'는 샤넬 여사의 명언은 세상에 남는 것은 진짜 눈에 보이지 않는 것을 의미하는 것일 거라고, 나는 생각한다.

물체의 영원성이 없다는 걸 깨닫기 시작했을 무렵, 나는 비로소 어른이 된 것 같았다. 사람이 인사 없이 떠날 수 있다는 걸 인지한 다음부터 물건에 가지는 집착이나 욕심도 (버린다고는 말 못 해!) 잠시 내려놓거나 쉽게 포기할 수 있었는지 모른다. 인간에게 의식주가 필수불가결한 요소지만, 인간의 그야말로 머스트 해브(must-have)는 인간 그 자체가 아닌가.

미야자키 하야오의 애니메이션 〈센과 치히로의 행방불명〉의 일본어 원제는 센과 치히로의 신 감춤(千と千尋の神隠し)이다. 일본에서 예로부터 내려오는 이야기 중 하나인 '가미가쿠시(신 감춤)'는 우리가 지금 사는 세상 외에 신들이 사는 세계가 우리 사회 안에 공존한다고 믿는 일종의 전설이다. 그 세계는 사람들이 사는 곳에서 멀리 떨어진 깊은 숲과 산에 있는데, 어느 날 갑자기 무언가 홀연히 사라지는 현상이 일어난다면 그것은 인간이 어찌할 수 없는 신의 영역이요, 소행이라 여긴다는 것이다. 때로 신이 숨기는, 아니 숨겨야

하는 것이라면 신에게는 그래야만 하는 명백한 이유가 있는 걸까. 우리의 옷도, 물건도, 사람도.

때로 그런 생각을 한다. 내가 한때 좋아했던 것들은 이 세상에 실재하는 것이었을까. 혹시 원래부터 존재하지 않았던 것은 아닐까. 아니면 그저 모든 것은 말 없이, 발 없이, 나비처럼 왔다 가는 것뿐일까. 그러나 신기루와는 다르게, 그들은 설사 물리적으로 내 곁을 떠나갈지언정 우리 마음속에는 생생하게 남아있다. 거기에 있다.

흰색과
닮은
생활

지금 내 눈앞의 투명한 화병에는 초여름이 담겨있다. 딱 지금부터 피기 시작하는 화이트 플록스(phlox)*. 다섯 장의 꽃잎이 조금의 부끄러움도 없이 자신의 모습을 활짝 드러내고 있는 모습은 하얀 이와 잇몸을 거리낌 없이 드러낸 채 햇살처럼 웃고 있는 어린아이처럼 보여서, 나도 그만 웃는다.

이 계절, 여름을 좋아한다. 외출을 앞둔 여름 옷장 문을 열면 손은 자동적으로 흰색 옷에 가 있다. 실제로 얼마 전 옷장 정리를 하다 보니까, 내 옷장의 거의 70퍼센트가 되는 옷 컬러가 백색임을 알게

* '풀협죽도'라고 불리기도 하며 노지월동(바깥에 심어진 식물이 겨울을 나는 것을 의미)이 가능한 다년생 식물이다. 개화기는 보통 여름부터 가을까지, 무더위에 강렬한 존재감을 발휘한다.

되었다. 언젠가부터 사진 속의 나는 흰색을 입고 있었다. 지인들이 '백의민족'이라고 장난처럼 이름 붙여주던 나의 화이트 룩을, 나는 몹시 좋아한다. 언제부터였을까, 흰색을 향한 짝사랑이 시작된 것은. 그것은 하얀 티에 청바지를 입을 때의 변치 않는 설렘과도 맞닿아 있을 것이다.

패션 에디터 시절 동안 모델들에게 무수히 많은 옷을 입히면서 소위 '트렌드의 최전선'에 있었다. 아방가르드, 밀리터리, 미니멀리즘, 오리엔탈 룩, 스포티 룩…. 패션의 트렌드를 쳇바퀴처럼 돌고 돈다는 것은 다른 말로 하면, 인공적인 색채와 다양한 재료의 범람 속에서 살았다는 말과 같다는 뜻이다. 아침은 아침처럼, 낮은 낮처럼, 새벽도 한낮처럼 일하며 사는 삶이었다. 손의 지문이 흐릿해지도록 컴퓨터 자판을 두들기고, 모델에 옷을 입히고, 사람들을 만나고, 또다시 사무실로 들어와 컴퓨터 자판을 두들기는 직업. 그렇게 십여 년을 살다가 어느 날 일본에 살게 되면서, 나는 처음으로 일종의 해방감을 맛봤다.

안달복달하지 않고 물 흐르듯 사는 삶. 그것은 흰색과 닮은 생활이었다. 나는 제일 먼저, 나이보다 더 나이들게 보이려고 그리고 기죽지 않으려고 오랜 시간 열 손가락에 칠해왔던 두꺼운 남색 젤네일을 지웠고, 잦은 업계 행사와 쇼 때문에 즐겨 신던 힐을 미련 없이 벗어던졌다. 그리고 계절에 따라 봇짐처럼 이고 지고 들었던 빅백을 모두 옷장 깊숙이 넣었다. 대신 새하얀 캔버스 백을 들고, 아무 무늬도 없는 가볍고 하얀 스니커즈로 갈아 신었다. 화려해 보이지만 실상은 전혀 그렇지 않았던 삶을 지우개로 쓱싹 지우듯, 처음부터 다시 시작하는 사람처럼. 여기에 흰색 티셔츠를 유니폼처럼 입었다. 그랬더니 괜시리 삶이 3킬로그램 정도는 가볍고 경쾌해진 것 같았다. 그렇게 거리를 걷고, 또 걸었다. 흰색을 입고 있을 때 나는 일본 사회 속으로 곧잘 스며드는 듯했다. 한낮의 고요한 신사에서, 자연의 소리와 아이들의 천진한 웃음만 가득했던 평일 오후의 공원에서. 그때 흰색은 기다림, 공백, 여유 같은 것들과 연결되는 색이란 걸 어렴풋이 알게 된 것은 아닐까.

당시 즐겨 입었던 헤인즈(Hanes)의 흰색 코튼 티셔츠는 여전히 나의 시그니처 아이템이다. 무엇을 입든 기본이 되어준다. 보들보들하면서도 적당히 톡톡하고, 거슬리는 것이 하나 없는 헤인즈의 흰색 티셔츠는 어떤 바지와 치마, 재킷에도 참 잘 어울린다. 캐주얼한 자리지만 조금 격식을 차리고 싶을 때는 바스락거리는 질감의 흰색 셔츠를 입는다. 좋은 날에만 입는 더 로우(The Row)의 클래식한 흰색 셔츠는 아마 할머니가 되어서도 꺼내 입을 것이다. 통이 약간 넉넉한 오라리(Auralee)의 빳빳한 화이트 데님은 또 어떤가. 광목 천처럼 노란 끼가 딱 한 방울 들어있는데, 그야말로 모든 룩을 포용하

는 만능 아이템이다.

사실 하얀색이라 해서 다 같은 하얀색이 아니다. 남편은 곧잘 "또
똑같은 거 샀네?"라며 지적하곤 하지만, 사실 하늘 아래 똑같은 흰
색은 없다. (그것이 패션을 사랑하는 사람들의 공통된 항변이다.) 동이 틀
무렵의 푸른 새벽녘, 모란디의 정물화 시리즈에 나오는 화병, 부베
트(Buvette)의 브라우니 위에 올라간 뽀얀 크림, 빈티지 마켓에서 구
입한 레이스 천, 청초한 동양난, 조용히 내리는 첫눈, 셰프가 쓰는
길다란 원통의 모자, 뽀얀 빛을 품은 달걀, 조개 속의 진주, 빛 바랜
모시 보자기, 탱글탱글한 부라타 치즈…. 어떤 것도 모두 다 같은
흰색은 아니다.

문득 인터뷰로 만난 도예가 신경균 작가의 자택에서 마주한 달항
아리 수십 점이 떠오른다. 그는 내게 그것들을 하나하나 만져보라
고 권했다. 혹여 깨트리지 않을까 머뭇거리자, 작가는 이렇게 말했
다. "세상에 똑같은 달항아리는 없어요. 만져봐야 느낄 수 있어요.
질감과 촉감은 경험해 봐야 알게 되는 거거든요. 자, 봐요. 마치 사
람 피부 같지요. 빛이나 색감 못지 않게 그걸 꼭 느껴봤으면 좋겠어
요. 직접 써보지 않으면 절대로 그 본질을 볼 수가 없어요."
느린 햇살이 넓은 통창 안으로 쏟아지는 오후, 그의 말대로 달항아
리는 각기 다른 빛을 뿜어냈다. 표면에 반사되고 튕겨 나가는 빛을

한참 보고 있으니, 잔잔한 바다에 반짝이는 윤슬을 바라보는 것처럼 오묘했다. 흰색이 만들어낸 무수한 빛의 여백들. 모든 것을 품어줄 것만 같은 넉넉한 달의 빛(moonlight)은 오래도록 보아도 질리지 않았다.

새하얀 옷의 미학은 백자의 아름다움과 일맥상통하는 건지도 모른다. 사도 사도 질리지 않는 흰옷에는 옷 이상의 가치와 철학이 깃들어 있는 것만 같다.

흰옷을 입으면 마음을 세탁한 듯 정신과 몸이 정결해지는 기분이 든다. 욕심과 미움, 억울함, 아쉬움, 미련, 후회 등 감추고 싶은 못난 마음을 단번에 감추는 리셋(reset)의 기능과 더불어 그럼에도 다시 힘을 내보자는 의욕과 믿음으로 나를 무장시키는 것만 같다. 희망을 색으로 표현하라고 한다면 아마도 흰색과 가장 가깝지 않을까. 이유 없이 무기력하고 침울할 때 (하지만 자신은 대부분 그 이유를 알고 있다) 나는 흰색 꽃을 산다. 그러면 다시, 산뜻하게 시작할 수 있을 것만 같은 용기가 난다.

한편으로는 한없이 긴장되는 색이기도 하다. 절제된 만큼 솔직해서. 구겨지면 구겨진 대로 티가 나고, 많이 입거나 잘못 관리하면 곧잘 누렇게 자신의 얼굴색을 바꾼다. 혹여 커피나 와인, 케첩, 혹은 김치가 떨어지지는 않을지, 한순간도 긴장감을 놓을 수 없다. 두

근거리는 밀당과 줄다리기가 재미있는 이 색은 마치 쉽지 않은 연애와 같다. 하루 종일 정신줄을 잡고 있어야 한다는 게, 대하기 어려운 연인처럼 느껴져서 배시시 웃음이 난다. 나는 언제나 그 밀당에서 지고 말지만.

패션계에서 흰색은 어떤가. 캐주얼한데 격식이 있는 색이다. 그러면서도 한없이 소박하다. 그런 다면성이 어디에도 굴복하지 않는 기개와 자유로움을 상징하는 것 같아 나는 스타일링할 때 흰색을 즐겨 사용했다. 특히 아무리 복잡하고 어지러운 디테일의 디자인이라 하더라도 만약 그 옷이 흰색으로 된 것이라면 대부분 명료하고 분명하게 다가왔다. 그래서 안전한 색이기도 했다. 그때도 지금도 어떤 옷을 입히고, 또 입을까 고민스러울 때는 흰색 셔츠를 고른다. 클래식은 어떤 것에도 지지 않으니까. 가장 연약해 보이지만 동시에 가장 강한 색인 것이다.

세상의 모든 흰색 중에서, 나는 특별히 여름날의 흰색을 편애한다. 유달리 깨끗하고 경쾌하고, 동시에 시원해서다. 그것은 시리고 포근하며 애틋한 겨울의 흰색과는 조금 다른 차원에 있다. 어디선가 울리는 맑고 고운 풍경의 소리처럼, 저 멀리 있어도 파동이 짙다. 어디에도 얽매이지도 않고, 그렇다고 동떨어져 있지도 않다. (어쩌면 그런 삶을 동경하는 걸까!) 무엇보다 저 혼자만 두드러지지 않는다.

여름날의 흰색 옷을 입는 사람을 가만히 살펴보면 어느덧 옷은 사라지고, 입는 사람이 흰색의 수면 위로 떠오르는 것을 알 수 있을 것이다. 반사판처럼, 흰 도화지처럼, 나를 주인공으로 만들어준다. 나의 매력을 두둥실 드러나게 한다. 여기에 여름날의 흰색이 주는, 가벼운 듯 묵직한 진짜 매력이 숨어있다고 믿는다.

올해는 흰색 코튼 티어드(tiered) 스커트와 레이온 드레스, 종이를 특수 가공한 성글고 흰 니트가 유독 많이 보인다. 나는 요즘 흰색 스커트와 사랑에 빠져버렸다. 비가 오는 날엔 짧은 검정 레인 부츠를 매치해 입고, 날이 좋으면 하얀 크롭트 셔츠나 파란색 티셔츠와 함께 입는다. 걸을 때마다 스커트 안으로 들어와 살랑살랑 춤을 추고 나가는 여름 아침 바람에, 내 마음이 덩달아 일렁인다.

요란하고 선명한 것들이 주는 에너지와 강렬한 주장에 지칠 때, 세상의 소란스러움과 내면의 부대낌이 격하게 충돌할 때, 그런 때일수록 흰색을 입자. 채도가 지나치게 눈부신 바깥 세상에서 몸과 마음을 위로해줄 만큼, 흰색의 품은 넉넉하고 또 무한할 테니까.

흰색 이야기

지금껏 내가 본 가장 예쁜 흰색은 어느 날 식당에 밥을 먹으러 갔다
가 마주한, 하얀 김이 모락모락 올라오는 고봉밥이었다. 그 집은 각
지역의 쌀을 연구해 다양하게 내놓는, 쌀밥 연구소 같은 식당이었
다. 촉촉하고 찰진 윤기. 우리의 피와 살을 만드는 무해하고 순수한
빛의 하얀색. 먹으면 또 얼마나 고소하고 따뜻했는지. 호호 불어가
며 먹었던 도시마구의 오니기리 맛집 '봉고'도 생각난다. 그곳의 밥
에는 공기 한 웅큼이 들어있어서, 성인 주먹만 한 크기의 커다란 오
니기리 하나가 목구멍 안으로 미끄러지듯 빨려 들어간다. 생각해
보면 밥만큼 소중하고 또 유일한 하얀색이 있을까.

갑자기 먹는 이야기로 빠졌는데, 내가 진짜 하고 싶은 이야기는 우리네 음식의 기본이 흰쌀밥이듯 흰색은 일반적인 색과는 다른, 어떤 본질과 맞닿아 있는 색이란 것이다. 모든 것을 품어내고, 또 모든 것이 될 수 있는 색. 색 이상의 색 말이다.

실제로 디자이너 하라 켄야는 그의 저서 『백』에서 빛의 색을 모두 섞으면 백이 되고, 그림물감이나 잉크의 색을 모두 제거하면 백이 된다고 했다. 그러니 백은 모든 색의 종합인 동시에 무색이면서, 색을 벗어난 색이라는 점에서 특별하다는 것이다. 그런만큼 틈이나 여백과 같은 시간성과 공간성을 잉태한다고 했다. 부재나 제로 상태와 같은 추상적인 개념을 포함하고 있는 것이라고.

버리지
못하는
옷

나를 들여다 보고 싶으면 옷장 정리를 하면 된다. 평소 무엇을 좋아하는지, 어떤 소재와 스타일을 즐겨 입는지, 어떤 모습을 추구했는지…. 옷장은 지난 기억의 창고이자 나에 관해 굳이 말로 설명한 적 없던 것을 대신 말해주는 곳이기도 하다.

옷방 한편에 자주 입지는 않지만 버리지 못하는 옷 코너가 있다. '간직하는 옷'이라고 하는 편이 더 옳은 표현일 테다. 이름을 써 붙이지는 않았어도, 내 마음에 그러한 옷들을 모아두었다. 얼마 전 정리를 해야 겠다 싶어 그 문을 열었는데, 결론적으로는 거의 대부분 버리지 못했다. 무엇이든 비워야 또 새롭게 채울 수 있는 건데, 나는 아직 그들과 이별할 준비가 되지 않았다.

신기하게도 대부분 어릴 적 입던 옷이다. 대학교 때 입었던 워싱이 예쁜 쉐비뇽 플레어 청바지, 사회 초년생 시절 구입했던 돌체 앤 가바나와 조르지오 아르마니, 생 로랑의 재킷들(생각보다 재킷이 많았다), 비즈가 잔뜩 달린 프라다의 원피스, 신진 디자이너의 실크 톱, 심지어 중학교 때 엄마가 사준 이름 모를 브랜드의 아이보리 카디건도 있다. 작년 우크라이나에 겨울 의상을 한 박스 가득 넣어 보낼 때도, 이 옷들은 차마 보내지 못했다. 유행이 돌아오면 언젠가 다시 입을지도 모르니까? 당시에는 비싼 돈 주고 샀으니까 아까워서? 뭐 그런 마음도 일정 부분 있었겠지만 그보다는 이때의 마음을 버리지 못했다는 표현이 더 맞을 것 같다. 그리고 그들과 내가 맺은 관계를 버리지 못해서.

거기엔 월급을 모으고 모아서 샀던, 에디터 시절 초심의 마음이 담겨있다. 그 옷들이 가져다 준 설렘, 무모함, 어깨에 잔뜩 들어갔던 힘과 자신감도 있었고, 마감이 끝나기가 무섭게 파티를 즐기러 나갔던 지난날의 젊음 혹은 치기도 고스란히 묻어있다. 그러니까 나는 옷 자체보다는 그 옷에 스며있는 꿈과 추억, 기억의 발자취와 '헤어질 결심'을 하지 못하는 것일 테다. 무엇보다 내다 버리기엔 옷들이 너무 멀쩡했다.

그중에는 유난히 특별한 옷도 있다. 20대 중후반 막내 에디터 시절 내가 내 월급으로 산 첫 한국 디자이너 옷은 앤디앤뎁(ANDY & DEBB)의 남색 트렌치 코트였다. 버튼을 잠그면 원피스가 되고, 풀면 코트가 되는 활용도 좋은 웰메이드(well-made) 옷이었다. 그 옷을 입고 앤디앤뎁 디자이너 부부의 인터뷰를 갔을 때 그들이 활짝 웃으며 반가워해 주셨던 기억이 난다. 나는 그것이 인터뷰이에 대해 인터뷰어가 취해야 할 바람직한 태도이자 일종의 예의라고 생각했다. 그 옷을 입고 모 잡지사 면접을 보고, 이직을 하기도 했다. 옮긴 회사에서 많은 걸 배웠고, 커리어상으로 아주 중요한 시기를 보냈기에 내게는 더없이 소중한 옷이다.

10년 전 프로포즈를 받은 날에는 같은 브랜드의 투 톤 블라우스를 입고 있었다. 마감 중 데이트였던 걸로 기억하는데, 어쩐지 실크 블라우스가 입고 싶어져 차려입고 회사에 갔던 기억이 있다. 삼성동 인터컨티넨탈 호텔 52층 식당에서 떨리는 마음으로(고소공포증 때문에) 밥을 먹고 있는데, 구 남친(현 남편)이 불쑥 반지를 내밀었다. 영화 속 주인공처럼 새침하게 예쁜 척 좀 하다가 감동의 눈물이라도 또르르 흘려줘야 했는데, 커다란 랍스터를 양손으로 뜯고 있어서 그러질 못했다. 현실은 상상했던 완벽한 그림과는 언제나 한참 빗나가 있다.

인생의 순간순간마다 나를 지켜주고, 지지해주고, 내가 조금 멋진 사람이 된 것 같은 착각을 준 옷들이다. 단지 예뻐서가 아니라 가랑

잎처럼 힘 없이 흩날리는 유행과는 격이 다른 품위와 고급스러운 멋이, 어떤 옷에는 있다. 옷에서 풍기는 우아함이 마음과 정신에도 영향을 미칠 수 있다는 것을 그때 어렴풋이 깨달았다. 내 얼굴과 몸에 착 달라붙어서, 나를 주인공으로 만들어주는 옷들. 나의 어깨를 반듯하게 세워주고, 얼굴을 더욱 환하게 빛내주던 옷들. 살면서 그런 옷을 만나는 것도 귀한 인연이라는 걸, 세상의 다양한 옷들을 입어보고 난 후에야 알게 되었다. 신기하게도 드라이를 맡겨서 나온 그것들은 언제나 새것처럼 반질반질 윤이 나서, 엄마는 곧잘 "이 옷은 어쩜 매번 이렇게 똑같니?" 감탄하곤 했다. 좋은 소재를 썼고, 정직하게 공들여 만들었다는 증거다. 그래서일까. 여성스럽고 클래식하되 어딘가 나를 다른 세상으로 데려다 줄 것만 같은 낭만적인 옷을 생각할 때 나는 여전히 앤디앤뎁을 떠올린다. 물론 예전처럼 자주 입지는 않지만, 그래도 내게는 애틋하여 옷장에 잘 간직하고 있다.

아빠가 영국 출장길에 샀다던 90년대 아쿠아스큐텀(Aquascutum) 재킷 또한 간직하고 싶은 옷이다. 어느 날엔가 아빠의 옷장에서 꺼내와 입고 있는데, 어깨와 팔 길이를 줄였더니 딱 알맞은 정도의 오버사이즈가 되었다. 언젠가 일본에서 디자이너 마이클 코어스를 인터뷰했던 날이었다. 그 재킷을 입고 그의 호텔방에 들어가자마자, 디자이너는 대뜸 내게 재킷이 어디 것이냐고 물었다. "마이클 코어

Time

스셨으면 좋았겠지만, 아빠의 오래된 아쿠아스큐텀 재킷을 리폼해 입었어요!" 하니까 그가 환한 치아를 드러내며 웃는 것이었다. "정말 예쁘네요!"

잘 만들어진 좋은 옷이란 그런 것. 세월이 흘러 소재는 낡고 해질 지언정, 특유의 오라는 쉬이 바래지 않는다. 몇 년 전만큼 자주 입지는 않지만 지금도 종종 재킷을 보며 생각한다. 쉼 없는 변화와 속도, 유행, 요란한 밀물과 썰물로 곧잘 대변되는 패션계에서도 변하지 않는 아름다움은 분명 존재하는 거라고.

결국 나는 잘 버리지 못하는 사람이다. 친구들이 집에 놀러오면 언뜻 "깨끗하네" 말하지만 각종 서랍을 열면 넣어둔 짐이 실은 만만치 않다. 옷은 말할 것도 없고 편지, 메모, 각종 팸플릿 등 활자가 쓰여진 종이에도 약하다. 누군가의 생각과 아이디어, 정성이 들어갔을 그것들을 버리는 것이 영 마음에 걸려서다. 사실 물건을 사야 할 이유도 차고 넘치지만, 버리지 못하는 이유 또한 끝도 없이 댈 수 있다.

그럼에도 정리는 필요하다. 삶의 구석구석을 정리하는 기쁨이 일상에 어떤 풍요로움을 가져다 주는지는 모르는 바 아니다. 얼마 전 드디어 몇 년째 입지도 않고 이고 지고 살아온 옷들을 굿윌스토어에 기증했다. 부츠, 모자 등 소품까지 싸다 보니까 다섯 박스가 나왔다. 이 쓸모없는 것들을 옷장 깊숙이 넣어둔 채 살아온 것이다.

사실 열 박스는 더 나올 수 있었는데, 인생의 마디마디를 단번에, 미련 없이 정리하기란 그리 쉬운 일은 아니었다.

지난날 나는 일본에 살면서 일본인의 단출하고 수수한 삶의 풍경을 흠모해왔다. 텅 빈 공간이 주는 여백의 아름다움에, 그 한적한 정경에 얼마나 마음을 빼앗겼던가. 그런데 정작 이런저런 물건에 이러쿵저러쿵 많은 미련과 집착을 가지고 살았구나 싶었다. 하지만 버릴 것을 정리하다가 그런 생각도 들었다. 그래서 이것들은 대체 어디로 가는 걸까 하는 의문들. 모두 우주의 쓰레기가 되고, 환경을 오염시키는 주범이 된다면 처음부터 쉽게 사지 말아야겠다는 다짐도 함께했다.

문득 휴대폰을 바라본다. 사진 7만 9천여 장, 연락처 천6백여 개. 미련과 불안, 욕심, 혹은 마음의 찌꺼기들 때문에 버리지 못한 것은 비단 옷뿐만이 아니다. 시간이 걸리더라도 조금씩 매일 지워야겠다. 정리를 하다 보면 희미했던 것들이 명확해질 것이다. 무엇을 남기고 지켜야 하는지, 내가 중요하게 생각하는 것은 무엇인지, 어떤 방향성을 가지고 살아야 할지 말이다. 돋보기를 들이댄 듯 나의 마음이 뚜렷하게 보일 것이다. 부디 간소한 마음에 바람과 여유가 깃들 수 있도록. 잔잔한 평화가 스밀 수 있도록. 때로 버리는 마음은 과하게 바라지 않는 마음과 통하는 것일지도 모른다.

나의 영원한
플립플랍이

말하는 것

누구에게나 가장 애용하는 패션 아이템 한 가지씩은 있다. 나에게 나를 가장 잘 표현할 수 있는 것은 뭘까. 아무리 생각해도 나는 플립플랍(흔히들 '조리'라고 부른다)이다. 좀 있어 보이는 걸 고를까, 아니 왕년의 센 언니, 콧대 높았다는(?) 패션 에디터답게 누구나 선망할 만한 고급 아이템 하나 골라볼까 싶기도 했지만, 그런 것은 남의 신발 신은 것마냥 영 나답지 못하다.

나의 플립플랍 사랑은 못 말린다. 달력이 5월쯤 가까이 되면 어김없이 '오호라, 이제 슬리퍼를 신을 때가 왔구나!' 하며 혼자 씨익 웃음 짓는다. 나이가 들어 좋은 점 한 가지는 이렇듯 누가 뭐래도 혼자만 아는, 작고 작은 기쁨들이 조금씩 늘어간다는 것이다. 플립플랍은 계절의 흐름을 혼자만의 방식으로 즐기는, 나의 일상 속 소소한 기쁨이다. 나는 하이엔드 주얼리 브랜드의 VIP는 못 될지언정 우리 동네 플립플랍 클럽 지부장 정도는 될 수 있다고 주장한다. '계절의 변화는 발에서부터!'라고 생각하기에, 바깥 공기가 조금 나른해지기 시작할 때쯤 나는 이 순간을 놓치지 않고 재빨리 양말을 벗어던진다. 그러고는 가장 좋아하는 플립플랍 안으로 맨발을 슬라이딩하듯 밀어넣는다.

이 해방감! 플립플랍은 희한하게 신는 순간, 자유의 몸이 되는 것 같은 해방감을 안겨준다. 거추장스러운 모든 치장과 속박을 지워내고, 그냥 나로서 존재하는 실감을 준다. 중량이 느껴지지 않을 만큼 가볍고, 시원한 신발로 플립플랍만한 것이 있을까. 게다가 통풍과 건조는 기가 막히게 잘 된다. (그래서 발냄새가 나는 사람일수록 플립플랍을 잘 신으면 좋을 것 같다는 엉터리 논리를 펼쳐본다.)

2016년 여름, 도쿄에 이사갔을 때 거리에서 마주치는 사람들이 곧잘 내 발을 쳐다봤다. 나중에 왜 그런가 싶어 일본인 친구들에게 물어보니, 아마 '어디 해변을 가나' 하고 생각했을 거란다. 지금이야 많이 달라졌겠지만, 아무래도 '플립플랍 = 바다, 비치 룩의 일종' 이라는 연상이 자연스럽게 성립되니, 도시 한복판에서 플립플랍을 신는 것이 생경했을지도 모르겠다.

하지만 나는 어릴 때부터 줄곧 플립플랍을 신어왔다. 홍콩에 살던 어린 시절, 사진 속의 나는 대부분 분홍색 플립플랍을 신고 있다. 홍콩이 아열대성 기후에, 섬이라서 그랬던 것만은 아니다. (따져보면 일본도 섬나라인데?) 캐주얼하게 일상적으로 즐기는 아이템에서 본인의 진짜 스타일이 드러나게 마련인데, 나는 평소 플립플랍을 즐겨 신는 사람들에게는 삶을 대하는 어떤 뚜렷한 태도 같은 것이 엿보인다고 생각해 왔다. 각 잡지 않는 편안함과 담백함을 중요시하고, 허례허식이 덜하며 남들의 시선을 그닥 의식하지 않은 존재감이 그들에게는 있다고. 고무나 우레탄 재질로 만들어져서 쉽게 휘어지기도 하는 자유로운 형태는 어쩐지 세상에 유연하게 적응한다는 여유로움을 주는 듯했다. 두툼한 플랫폼 힐이나 스틸레토 힐, 혹은 새하얀 운동화가 줄 수 없는, 어딘가 건들거리는 듯한 분위기랄까. 아무래도 상관없다는 심드렁함과 약간의 무심함, 냉소적인 면모도 느껴지고. 그것은 매 순간 시간에 쫓기듯 움직이는 삶보다는 천천히 어슬렁거리며 일상을 산책할 줄 아는 여유와 맞닿아 있다. 아니, 그것을 지향하는 삶일지라도. 무엇보다 작열하는 여름의 태양 아래 바삭거리는 뜨거운 모래 위를 플립플랍을 신고 아무렇지 않게 저벅저벅 걸을 때의 기분이 매우 좋기도 하다. 자연에 가까이 맞닿아 있어, '어쨌거나' 혹은 '그럼에도' 그럭저럭 꽤 괜찮게 살아있다는 현실감 같은 것이 느껴진다.

플립플랍이라 해서 꼭 하와이안 셔츠나 치렁치렁한 프린트 드레스와 즐겨야 하는 것은 아니다. 그것이야말로 고릿적 편견이다! 오히려 뉴욕이나 서울 같은 정신없는 도심에서 드레시한 셋업이나 질 좋은 린넨 팬츠, 실키한 드레스 등에 매치하는 편이 더 멋스럽다고 생각한다. 특히 나는 머리부터 발끝까지 꾸몄다는 느낌을 주는 완벽한 룩을 좀 부담스러워 하는데, 누가 봐도 한껏 차려입은 모양새가 '나 좀 봐주세요!'라고 애타게 외치는 것 같아 오히려 가끔은 촌스럽게 느껴진달까. 그건 마치 식탁 위를 에르메스나 아스티에 드 빌라트 식기 세트로 빈틈없이 가득 채우는 것 같은 답답함과 비슷하다. 그러니까 내겐 근사하게 꾸미고 나서 검정색 플립플랍으로 전체 룩을 마무리하는 '드레스 다운(dress-down)' 스타일이 훨씬 무심한듯 시크하고 세련되어 보이는 것이다. 스타일에 약간의 빈틈과 여유를 갖고 있다는 건 무엇을 의미할까. 그 사람이 패션을 그리고 나아가 본인의 삶을 능숙하게 다룰 줄 안다는 인상을 준다는 것 아닐까.

소박하기 그지 없는 플립플랍에 대해 이토록 거창하게(?) 이야기를 시작한 건 사실 어느 한가로운 토요일, 패션업계 친구와의 대화가 발단이 되었다. 요즘 화두인 지속 가능한 패션을 비롯해 패스트 패션 브랜드를 멀리하자는 등 온갖 이야기를 하다가 친구가 내게 대뜸 이렇게 묻는 것이었다. "그래서 너의 패션 철학은 뭐야?"

순간 나도 '뭘까', 싶었다. 그리하여 나를 이루는 패션적 뼈대, 나를 대표하는 시그니처 아이템을 생각해 보지 않을 수 없었던 것이다.

검정색 플립플랍. 오랫동안 즐겨 신던 하바이아나스(Havaianas)와 도쿄 트렁크 호텔(Trunk Hotel)의 기념품이었던 그것. 머릿속에 떠오른 것은 그것 하나였다. 그것은 내가 추구하는 자연스러운 우아함과 롱앤린 실루엣, 깨끗하고 단정한 미니멀리즘과 궤를 같이 하는 것. 내게는 없어서는 안 될 기본 아이템이다.

온갖 유행 아이템을 건드려보던 20대, 명품과 패스트 패션을 오가며 다양한 스타일을 즐기던 30대를 지나 이제는 나의 스타일을 찾을 때다. 내 스타일이 무엇인지 알아야 할 때다. 한철 입은 후 쉽게 버리고, 끊임없이 유행을 따라 새롭게 채우는 패턴은 나쁜 남자에 이끌리는 몹쓸 관성처럼 이쯤에서 진정 그만두어야 하는 습관이다. SNS에서 부추기는 의미 없는 유행 아이템이 부질 없다는 것쯤 이제는 아는 나이니까.

그럼에도 나는 여전히 패션의 노예라는 것을 부정할 수 없다. 온라인 쇼핑몰에 올라오는 신상에, 매거진의 근사한 모델 화보에, 하물며 패스트 패션 브랜드의 세일 소식에 누구보다 발빠르게 눈이 먼저 반응한다. 그러나 전처럼 바람에 흔들리는 버드나무처럼, 파블로프의 개처럼 마음에 든다는 이유로 모든 걸 무의식적으로 장바

구니에 담지는 않는다. '1년 후에도 입을까', '5년 후에도 입을까'를 한번 더 곱씹어 생각한다. 그것이 무엇이 되었든, 쉽게 버리는 건 막고자 하는 마음이 크기 때문이다.

'버려야 채운다'는 말이 있지만, 다시 생각해 보면 왜 꼭 채워야 하지? 버리지 않아도 되고, 또 덜 채워도 좋다. 나를 잘 알고 쇼핑하면 결국엔 버려지는 아이템도 줄어든다는 생각이다. 사실 지속 가능한 패션이란, 단순히 버려진 아이템을 업사이클링(upcycling)해 만든 것을 쇼핑하는 것도 아니요, 중고나 빈티지 아이템을 구입하는 게 아니라 자신의 옷장에서 출발해야 하는 것이 아닐까. 그것이 내가 20여 년 쇼핑하며 오랜 시간 패션계에 종사하며 알게 된 깨달음이다. 와인도, 고기도 먹어본 사람이 잘 알듯이 패션도 마찬가지다. 젊은 시절, 최대한 다양하게 섭렵해 본 사람이 무지 스니커즈와 캔버스 백의 진짜 매력을 알 수 있다. 돈과 에너지를 그만큼 낭비하고서 알아낸 사실이라는 게 좀 허무하기도 하지만. (시행착오는 어째서, 왜, 삶의 모든 영역에서 불가피한 것일까.)

다만 하고픈 말은 내일 당장 어떻게 변할지 모르는 유행을 따라가기에 솔직히 가랑이 찢어질 것 같다면, 혹은 유행에 흔들리지 않는 시그니처 룩을 찾고 있다면, SNS와 온라인 쇼핑몰을 탐닉할 것이 아니라 좋아하는 패션 아이콘을 기웃대는 것이 현명하다는 것이다. 어이없이 단순한 결론인 걸 알지만 세월이 흘러도 여전히 근사해 보이고 싶다면, 유행을 타지 않는 스타일을 눈여겨보면 된다.

나의 경우, 여름이면 영화 〈리플리〉 속 바캉스 패션을 다시 찾아보고, 겨울이면 〈러브 스토리〉를 살펴본다. 기네스 팰트로의 플레어 스커트와 허리에 살짝 묶은 셔츠 룩은 얼마나 아름다운지! 알리 맥그로우의 심플한 남색 피코트, 비니와 머플러 스타일은 오래도록 함께하는 패션이란 무엇인지를 제대로 보여준다. 그런가 하면 프랑스 미장센의 대가 에릭 로메르의 영화는 시대를 관통하는 패션의 교과서라 부를 만하다. 또, 사람으로 치자면 패션 에디터로 일하며 키운 나의 오랜 로망은 제인 버킨의 자유로운 프렌치 시크와 캐롤린 버셋 케네디의 기품과 클래식함을 섞은 것이었다. 그들의 스타일을 잘 살펴보면 옷에서 풍기는 감성이 결국 마음과 정신의 감성을 반영한다는 생각을 한다.

패션계의 핵에서는 어느덧 멀어졌지만 나는 여전히 패션을 사랑한다. 세상에 말로 설명할 수 없는 많은 것들을, 옷이 대신해 준다고 믿기 때문이다. 장식적인 겉포장(옷)은 인간을 가장 직관적으로 표현하는 물성이다. 그러니까 반대로 옷이란 그저 장식적인 겉포장일 뿐인데, 우리는 왜 그렇게 옷을 사고 또 사고, 그럼에도 입을 옷은 왜 항상 없으며 유행의 굴레에서 벗어나지 못한 채 바보같이 지갑을 여는 패션의 노예가 되는 것일까. '다음 시즌엔 옷을 절대 사

지 않겠어!' 와 같은 지키지 못할 약속, 그런 허무맹랑한 다짐도 참
없다.

이쯤에서 '유행이란 유행을 타는 것'이라 말한 장 콕토의 말을 떠올
리며, 유행이 가면 무엇이 남을지 생각해 본다. 거기엔 여전히, 내
가 있다. 유행의 굴레를 무시할 수는 없지만, 그럼에도 이제는 내
가 진정 좋아하는 것, 추구하고 또 표현하고자 하는 것에 선별적으
로 몰입해 보면 어떨까. 그러나 너무 심각하거나 진지하게 않게 다
가가고 싶다. 어느 때고 그러한 태도로 패션을, 삶을 즐기고 싶다.
나의 영원한 '플립플랍'이 말하는 것처럼, 무언가에 크게 집착하거
나 연연해하지 않으면서. 속도와 무모함, 무분별하게 흘러가는 것
들에 조금은 초연한 태도를 견지하며, 때론 약간의 거리감을 두고
서. 그렇게 나와 패션, 그리고 세상과의 관계를 건강하게 지켜가고
싶다.

나는 먼 훗날 블링블링한 하이 주얼리로 화려하게 치장한 할머니
보다는 심플한 파란색 셔츠에 큼직한 은색 목걸이 하나를 해도 멋
스러운, 그런 할머니가 되고 싶다. 거기에 검정색 하바이아나스 플
립플랍을 신어야지.
그런 날을 꿈꾼다.

FASHION

Artistic Passion

&

김
참
새

나의
인생 운동복은
어디에

"그림 그리는 사람들은 꼭 운동해야 해." 이 말을 귀에 못이 박히게 여기저기서 들었다. 늘 한 귀로 듣고 흘렸던 이야기. 어렸을 때는 남의 나라 이야기였는데, 어느 날부터인가 바닥을 드러낸 체력이 드디어 그림 그리는 일에 걸림돌이 되기 시작했다. 시작되는 노화의 탓도 있겠지만 그동안 꾸준히 건강 관리와 운동을 해주지 않아 기초 체력이 무너진 것 같았다.

아직까진 그런 적은 없었지만 만약 이런 상태가 계속된다면, 잡혀 있는 스케줄의 갤러리나 기업 클라이언트분께 죄송한 일이 생길 수 있겠다 싶어졌다. 그 걱정으로 잘 챙겨 먹지 않던 몸에 좋다는 영양제, 홍삼, 각종 즙을 찾아 먹기 시작했지만, 몸이 좋아지는 느낌은커녕 매 끼니 약 먹다가 배불러서 밥 먹기도 힘든 지경이었다.

그제야 머릿속에 하나의 깨달음이 스쳐지나갔다. '약보다 운동이구나.' 발등에 불이 떨어져서야 더욱더 건강한 삶을 위해서 체력을 길러야겠다는 생각에 이르렀다. 이왕이면 그 어떤 스트레스 다 풀리면서 꾸준히 할 수 있는 이른바 '인생 운동'이 있으면 참 좋겠다고. 그렇게 정신과 몸이 모두 건강해지는, 두 마리 토끼를 잡을 인생 운동을 찾기 위한 여정이 시작되었다. 주변에서 쉽게 접할 수 있는 요가부터 시작해 필라테스, 테니스 등 여러 운동을 차례로 배워봤는데…. 선생님들도 좋았고 건강함을 얻기는 했으나 배우면서 즐거웠던 운동은 하나도 없었다. 종목당 길게는 2년의 시간을 투자했지만 대부분 내가 낸 비용이 아까워 운동 시간을 채우는 식이었다.

이러다 인생 운동을 찾을 수 있긴 할까. 난 즐겁게 하는 운동과는 거리가 먼 사람일까. 그런 의문이 들던 그해 여름, 한 달 정도 제주도에서 지내게 되었다. 오랫동안 준비했던 개인전, 상반기에 잡혀 있던 협업까지 모두 잘 마무리했고, 하반기 작업을 시작하기 전에 에너지를 얻기 위해서였다. 긴 휴가를 써본 적이 처음이라 손이 굳을까 그림 작업에 방해가 되진 않을까 걱정하며 떠났지만, 오히려 좋은 영감과 에너지를 얻었다. 서울에서와는 달리 이곳에서는 조용한 시골길을 산책했다. SNS에 나오는 유명한 장소보단 우연히 걷다 내 마음에 좋은 장소들을 발견하기도 했는데, 그중 아무도 오지 않는 시크릿 해변을 찾았다. 맑고 투명한 바닷물 속에 발을 담그고 바라보니 바닷물 위에 금빛 물결이 일렁거렸고, 그 물빛을 타고 아주 작고 예쁜 노란 물고기가 헤엄쳐 지나갔다. 가만히 물빛을 들여다보고 있으니 그 파란빛을 손에 잡고 싶어졌다. 헤엄쳐 들어가 이 아름다움을 더 가까이 자세히 보고 싶었다.

그런데 나는 수영을 못한다. 이 나이먹도록 여태 수영도 안 배우고 뭐 하고 살았을까. 그날로 나는 서울에 돌아가면 수영을 배우기로 결심했다. 다음 여름에는 꼭 스스로 헤엄쳐 들어가 아름다운 물빛을 구경하고 싶어졌다.

서울로 돌아와 후기가 괜찮은 수영장을 등록했다. 그것도 무려 새벽 수영. 새벽 기상은 고등학생 때 이후로 해본 적이 없어 가능한 일일까 싶었지만, 나태해지고 게을러진 나 자신을 좀 깨워보자는 생각도 들어 과감히 새벽반으로 결정했다. 이제 할 일은 운동복 쇼핑. 수영이 뭔지도 모르는 나는 운동에 필요한 복장과 도구는 무조건 N 브랜드지! 하고 호기롭게 수영복 매장으로 향했다. 컬러만 다르고, 비슷한 디자인이 쭉 나열된 곳이었다. 무엇을 골라야 하나 기웃기웃했더니 매장 직원께서 "수영 처음이에요? 아가씨는 이 치수가 맞아요" 하며 건네주신 수영복은 한눈에 봐도 다리만 들어갈 것 같은 치수다. 수영복 컬러는 어떤 것이 수영장에서 더 예쁜지 감이 잡히지 않아 가장 기본으로, 점잖은 검정색으로 골랐다.

첫 수업을 막 시작했는데 문제가 생겼다. 수영복이 너무 작아서 몸이 잘 안 펴진다. 이 작은 수영복에 계속 신경이 쓰여 선생님 말씀도 귀에 잘 들어오지 않는다. 퀵판을 손으로 잡고 발차기를 해야 하는데 어깨끈 있는 곳이 아파서 팔이 올려지지 않았다. 안 그래도 물속에서 살기 위해 온갖 집중을 해야 하는데 수영복 때문에 도무지 집중되지 않는 경지에 이르렀다. 내가 아무리 수영이 처음이라 수영복에 무지하다 해도 이건 너무 작은 것이다. 마법사 옷도 아닌데 여기서 더 늘어난다고 해도 두 치수씩 늘어날 일은 절대 없을 것 같다.

첫 번째 수영복 쇼핑은 처참히 실패였다. 수영복 사는 일이 이렇게 어려운 일이었나. 그래도 어떡하나. 두 번째 수영복 쇼핑이 시작되었다. 이번에는 절대 수영복 쇼핑에 실패하지 않겠다는 마음으로 여기저기 수영카페를 기웃거려 검색해 보니 초급 수영 때는 여러 이유로 무난히 A 브랜드를 많이 입는다고 한다. 좋다, 바로 집 근처 A 매장으로 달려갔다. 그런데 첫 번째 수영복 쇼핑과는 또 다른 난관이 펼쳐졌다. 이 수영복도, 저 수영복도 내 눈에 예쁜 수영복이 하나도 없는 것이다. 게다가 전에 샀던 N 브랜드 수영복은 디자인이라고 할 것이 없어 예쁜 것을 고른다는 의미보다는 어깨끈 위치 정도의 간단한 디자인과 컬러만 고르면 고민할 게 없었다. 그런데 이 브랜드는 디자인, 패턴과 컬러 등이 천차만별이었다.

보수적인 나에겐 등이 너무 파이면 안되었고, 가슴이 너무 파인 것도 탈락, 살이 너무 튀어나와서 못생겨 보이는 수영복도 탈락. 그렇게 나의 불분명한 수영복 취향과 체형에 맞추다 보니 한 가지 수영복이 눈에 들어왔다. 추천해 주신 사이즈로 피팅을 해보았는데 이 역시 작은 느낌이었다. 도대체 수영복 세계에서 '내 몸에 잘 맞다' 기준이 무엇인지 도통 모르겠다. 육지에서는 잘 맞는 것 같아도 물속에 들어가면 또 다르다고 한다. 왜 나는 내 몸에 잘 맞는지 안 맞는지 그거 하나 못 알아차리지? 별의별 생각이 들다가 이내 복잡한 정신을 가다듬었다. 그리고 어깨끈이 맞고 등이 굽지 않아야 하는 것처럼 아주 작은 나만의 불편했던 기준을 생각하며 수영복을 선택했다.

구입한 수영복을 입고 두 번째 수업을 갔다. 물속에서 훨씬 편해져 살기 위함에만 집중할 수 있었다. 이제야 선생님의 설명과 수업이 귀에 들어오기 시작했고, 그러다 보니 이 운동이 정말 재미있는 것이다. 캄캄하고 상쾌한 새벽에 나와 푸르고 고요한 물속에서 조용히 혼자 헤엄을 치다 보면 아무 생각도 들지 않아 기분이 좋아졌다. 오늘의 수업이 끝날 때면 벌써 다음 수업이 기다려져 중간에 자유 수영으로 혼자 연습하기도 했다. 잠들기 전 침대에 누워 그날 배운 영법을 복습하고, 유튜브에 각종 수영 영상을 몇 시간 동안 찾아보기도 하고.

가장 기분 좋은 건 수영을 마치고 작업실에 가서 그림을 그릴 때면 늘 함께였던 스트레스가 조금은 덜어졌다는 사실이었다. 에너지가 생겨 신나게 그림을 그릴 수 있었다. 이렇게 재미있는 운동이 있었을 줄이야. 왜 이제 알았을까. 운동이 마음에 들다 보니 새로운 욕심이 생겼다. '이 수영복 진짜 잘 샀어!' 하는 이른바 '인생 수영복' 하나 갖기.

이 욕심이 생기고 며칠 후, 블랙프라이데이가 시작된다는 소식이 여기저기서 들려왔다. 며칠 후 수영장에 몇몇 사람들의 수영복이 바뀌었다. 이번 세일로 이것저것 구입한 모습. 쇼윈도나 매장, 사이트에 걸려있을 때 본 것도 물속에서 보니 다르게 보였다. 너무 화려하지 않나 싶은 수영복들도 수영장에서는 빛을 내며 예쁘고 근사해 보였다. 조금은 촌스럽거나 화려해 보여도 그런 디자인의 수영복을 파는 이유가 다 있었다. 그렇지만 나와 어울리는 수영복은 어떤 건지 아직도 잘 모르겠다. 이 고민으로 피로도가 쌓여 갑자기 수영복을 사는 일은 당분간 내 곁에서 멀리 두고 싶어졌다. 다시 마음이 생길 때 힘을 내어 골라봐야겠다는 생각마저 들었다.

언젠가는 나와 잘 어울리는, 내 취향에 딱 맞는 수영복을 발견하는 날이 오겠지. 내 집, 내 사람, 무엇이든 나와 잘 맞는 걸 찾는 일은 늘 노력과 시간 그리고 어느 정도의 거리감이 필요하다는 걸 잘 알기에 이런 사소한 마음을 내려놓기로 다짐한다. 그래도 하나는 얻은 것 같다. 인생 운동!

백지
긴장

나에게는 오래된 베스트 프렌드가 있다. 그 이름은 바로 '백지 긴장'. 백지 공포라고도 불리는 이 친구는 창작을 하는 사람들에게는 누구에게나 자주 찾아오는 불청객이다. 이 친구를 자주 마주하면서도 어느 날 불시에 찾아올지 모르니 매번 참 당황스럽기만 하다. 극도로 불안하게 움직이는 아주 큰 공이 약속하지 않은 시간에 내 공간에 찾아와 굴러다니는 느낌이라 해야 할까.

작가마다 다르지만 나의 경우 그림을 캔버스에 담아내기 전, 몇 단계의 계획을 세운다. 먼저 어떤 이야기를 그려낼지, 그 이야기의 핵심은 무엇일지, 그것이 사회와 어떻게 이어질지 등의 고민에서 시작한다. 그리고 내가 캔버스에 그릴 이미지의 형태, 배치와 구도, 컬러 배열, 조합, 질감, 재료에 대해 세부적으로 생각한다. 한바탕

씨름을 하고 나면 이제 텅 빈 백지 캔버스와 마주하게 된다. 이거 참 설레기도 하고 긴장되는 순간이다.

긴 과정의 튼튼한 계획을 지나오면 당연히 그림이 잘 나와야 하겠지만, 계획이 무색할 만큼 너무나 당연하게 그림이 제대로 나오지 못할 때가 더 많으니 백지 앞에서 더 긴장할 수밖에. 얼른 머릿속 이미지를 꺼내 백지에 그려내고 싶은 마음에 밥을 거르거나 잠이 오지 않게 설레는 날도 분명 있었다. 그렇기에 이런 긴장이 다가오면 더욱 놀라 당황스러운 것이다.

이 긴장이 공포로 극에 달했던 시기가 있었는데, 지금으로부터 12년 전쯤이었던 것 같다. 대학교 입학 후 아트과 첫 실기 수업 시간, 자신감으로 가득 차 있을 때였다. 그래도 내 나름 그림이라면 영재 수업도 받았고, 학창 시절 상도 많이 받아온 부끄러운 그림 실력은 아니었기 때문이다.

그런데 수업이 끝난 후 교수님께서 나를 따로 부르신 그날, 길고 긴 상담이 이어졌다. 교수님 말씀은 청천벽력이었다. 네가 그림을 잘 그린다는 것은 너무 잘 알겠다. 하지만 한국에서 배운 아카데믹한 입시 기술(기술이라고 하셨다)을 버리지 않으면 너만의 길을 찾지 못하게 될 것이고, 그렇게 되면 유감스럽게도 아트과 학년 패스는 힘들어질 것이라고 하셨다.

어떻게 들어간 학교인데 패스가 힘들단 말인가. 그날부터 충격 속에서 머리를 싸매고 그 기술을 버리겠다며 온갖 노력을 다 해봤지만, 초등학교 때부터 익혔던 주입식 미술 기술은 무섭게도 오른손으로 연필만 잡으면 눈 감고도 나와버렸다.

제법 그림을 잘 그린다고 생각했던 내가 하루아침에 세상에서 가장 그림을 못 그리는 사람이 되어버린 것 같았다. 그림을 그리려고 하면 새하얀 도화지 앞에서 머릿속이 멍해지고 손에서 땀이 났다. 그럼 어떻게 해야 하지. 어떻게 그려야 좋은 그림이 나올 수 있을까. 내 길은 무엇일까. 내 그림은 어떤 것일까. 매일매일 새롭고 깊은 고민과 지내다 어느 날, 백지 긴장을 넘어선 공포를 만났다. 그런 시간을 한 10개월 정도 보냈으니 오래도 갔다.

정말 이렇게 작가의 꿈은 무너지는 것인가, 공포스러운 하루하루가 흘러가던 4월의 어느 날. 춥고 비가 잦았던 동네에 해가 떴다. 학교 옆 공원에 햇살을 맞으러 나가니 오랜만에 나타난 해에 사람들이 기분 좋은 얼굴로 잔디밭에 삼삼오오 모여있었다. 그림으로 고민에 빠져 힘들었던 시간들은 잠시 잊혀졌다. 아름다운 햇살과 그 날씨를 신나게 즐기는 사람들의 모습을 나도 모르게 그려보고 싶다는 생각이 들었다. 잔디밭에 앉아 종이와 연필을 꺼내 그리려던 순간, 한 가지 생각이 머릿속을 스쳐 지나갔다.

'오른손으로는 뭘 그려내도 아카데믹한 입시 기술이 나오니 왼손으로 처음부터 다시 시작해 볼까' 고민했다. 할머니가 될 때까지 그림을 그린다고 치면, 지금부터라도 남은 평생을 왼손으로 그려도 그리 늦은 것은 아닌 것 같았다. 그렇게 시작한 왼손 그림은 삐뚤빼뚤 난리도 아닌 그림으로 계속 그려졌다. 사람을 그리면 눈 크기는 제멋대로였고, 귀는 머리 옆에서 목까지 붙어버렸다. 왼손은 내 마음처럼 움직이지 않은 채 떨리고 손목은 뻐근했다. 쓰지 않던 근육을 쓰니 그런 것 같았다. 그런데 재미있었다.

나만의 재미있는 방법을 찾게 되다 보니 그동안 어딘가 꼭꼭 숨어 있던 새로운 아이디어들이 하나둘씩 튀어나왔다. 백지 공포를 잊어버리고 금방 그림을 그려냈다. 또 다음 종이를 찾으며 순식간에 그림이 이어졌다. 그렇게 백지 공포는 점점 잊혀갔다. 교수님도 이제야 그림의 길을 찾은 것 같다고 칭찬해 주셨다. 그렇게 나는 겨우 턱걸이로 학년 패스를 했고 한시름 놓게 되었다.

요즘도 그런 정도의 공포까지는 아니지만 흡사한 강도의 긴장감을 갑작스레 만날 때가 있다. 그럴 때면 그 시간을 기억하며 너 다시 놀러왔구나, 대수롭지 않은 척 받아들이고 있다. 이렇게 찾아올 때마다 창작자들이 입을 수 있는 방탄조끼 같은, 방어되는 옷이 있으면 얼마나 좋을까. 아니면 매일 입는 앞치마에 어떤 긴급 버튼이 있으면 어떨까. 그래서 백지 긴장감이 튀어 나올 때 그 버튼을 누르면,

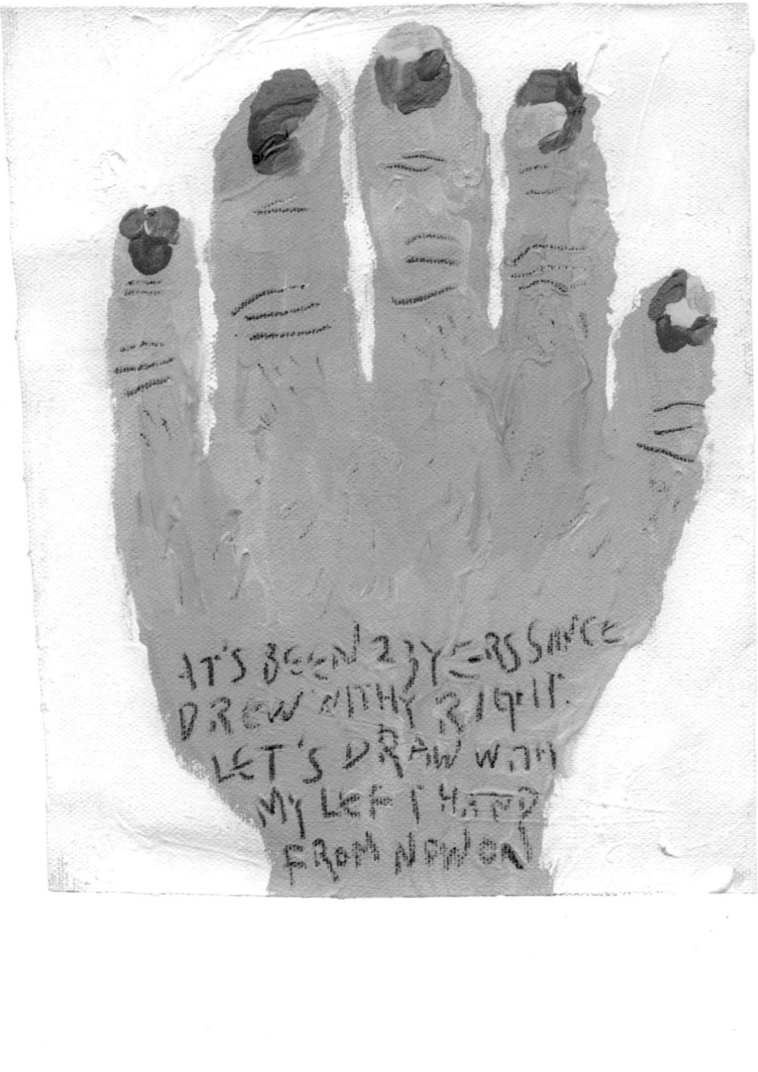
IT'S BEEN 23 YEARS SINCE
DREW WITH MY RIGHT.
LET'S DRAW WITH
MY LEFT HAND
FROM NOW ON

안정감이 찾아오고 아이디어까지 화수분처럼 터져 나오는 것이다.

가끔 이런 허무맹랑한 상상을 하며 다시 마음을 다잡고 아이디어 노트를 펼친다. 별수 있나. 현실에서 방탄조끼란 없으니 열심히 나와 싸울 수밖에. 오늘도 그렇게 나 자신과 싸우며 그림을 그린다.

이번 옷에는
엉덩이에

리본이
달렸다

어렸을 때부터 엄마의 취미 중 하나는 옷 만들기였다. 엄마는 딸을
낳으면 본인이 만든 옷을 딸과 똑같이 입어보는 것이 바람이었다.
그래선지 어렸을 적 사진을 보면 기저귀 차고 있는 내 옆에 엄마가
같은 옷을 입고 있다. 더 나아가 내가 동생과 같은 옷을 입고 있는
사진도 쉽게 발견할 수 있다.

나는 자연스레 엄마가 옷 만드는 모습을 옆에서 지켜보며 그 옷을
입고 자랐다. 원단 시장에서 원단과 옷의 부자재를 구입하시는 모
습, 수입 잡지 파는 곳에서 옷 만드는 책을 고르시던 모습도 익숙했
다. 지금에야 어느 인터넷이나 대형 서점에서 옷 만들기 책을 쉽게
살 수 있지만, 그때는 남대문이나 동대문 거리에 옷본이 담긴 해외
서적을 구하러 갔다. 엄마가 책을 고르는 동안, 나도 옆에서 함께
구경하면서 마치 엄마가 만들어줄 옷을 미리 고르는 기분이 들었

을까. 내가 예쁜 옷 사진을 발견해 "나 이거 만들어줘!" 하면, 엄마는 바로 "그래! 만들어줄게!" 하시면서 원단을 골라 만드셨다. 재봉틀과 오버로크 기계가 있는 방에서 엄마가 갑자기 내 이름을 크게 부르시면 잘 맞는지 입어볼 때였다.

엄마의 옷에 대한 여러 추억이 그려진다. 디자인보다 컬러와 재미 포인트를 좋아하시는 엄마의 취향 덕분에 재미있는 특징이 가득했던 옷들. 유행과는 전혀 상관없는 세상에 단 하나뿐인 옷이었다. 가령 니트인데 등이 없거나 원피스인데 주머니가 가슴 아래 이상한 데 달려있거나. 심플한 디자인인데 원단 패턴이 화려해 눈이 아플 지경이고, 이번 바지는 왜 이렇게 얌전하고 고요하지 싶어 바지 뒤를 돌려보면 엉덩이 부분에 리본이 있었네. 모두 재미가 없으면 안 되는 엄마 스타일이다. 어렸을 때는 이런 화려한 옷이나 동생과 똑같은 옷을 입으면 창피할 때도 있고, 유행 옷이 입고 싶기도 했다. 그런데 만나는 이들마다 그 옷 예쁘다, 어디서 샀냐 물어보기 시작하니 으쓱해지는 순간이 왔다. 다음 옷이 기다려지고 궁금해져 나 또한 엄마의 옷이 더 좋아졌다.

그렇게 나는 세상에 단 하나밖에 없는 옷을 가진 자가 되었고, 동시에 자연스레 옷 사는 일이 어려운 사람이 되기도 했다. 늘 엄마가 만들어주시는 옷만 입으니 어떤 기준으로 사야하는지 고르기가 어려운 일이 될 수밖에 없었다. 백화점에 그렇게 많은 옷을 보면서 무

I WORE THE CLOTHES MY MOM MADE FOR ME AND TOOK PICTURE

얼 골라야 할지 막막해졌고, 입고 싶은 게 있으면 엄마한테 만들어 달라고 할까 싶어 들었던 옷을 내려놓기도 했다.

내가 유학을 가게 되면서 엄마의 옷 만들기 시간과도 점점 멀어졌다. 가봉해야 할 마루타 인간인 내가 멀리 있는 바람에 엄마 옷을 바로 입어볼 수 없었고, 국제 우편비도 비싸니 그 옷을 매번 보내주시기도 힘들어졌다. 엄마의 눈에도 노화가 찾아오기도 했다. 이런저런 이유로 점점 엄마의 옷 만들기는 추억 속으로 사라져갔다.
그래도 가끔 간단한 옷은 반갑게 만날 때가 있는데, 최근 선물 같은 엄마 옷은 나와 내 남자친구의 커플 파자마였다. 원단이 같아 서로 헷갈릴 수 있어서 남자 옷에는 어떤 표시를 해주셨다고 하니, 갑자기 불안해졌다. 집에 가서 펼쳐 보니 아니나 다를까 바지 배꼽 부분에 두 개의 방울이 대롱대롱 있는 것이다. 당황스럽다. 얼핏 컬러나 모양이 체리 같기도 해서 더 이상의 설명은 남자친구에게 해주진 않았다.

옷 만들기가 뜸해지셨다고 아주 멀리하시는 것은 아닌 것이, 옷 만드는 방에 문이 잘 열리지 않을 정도로 원단이 더욱더 가득해졌다. 전만큼 자주 옷을 만들지는 않으시지만 예쁜 원단을 보면 그렇게 마음이 설레여, 계속 곁에 두고 보고 싶다고 하신다. 그렇게 하나둘 모아진 원단들은 옷 만드는 방에 쌓이고, 옷감 장의 문도 닫히지 않게 되었다. 그 문을 열면 이 세상 화려한 패턴과 컬러가 모두 모여 빛을 발하듯 눈이 부실 정도다.

옷감 장이 토하는 지경에 이르러 문도 닫히지 않자, 엄마에게는 고민이 생기셨다. 옷감을 더 모으기 위해서는 방이 하나 더 있어야 하는 상황을 맞이하자, 아빠가 이만 정리를 하면 어떠냐고 하신 것. 엄마에게는 그건 정말 어려운 일이어서 원단 일부라도 정리해야 할지 고민이 깊어지셨다. 옷감 장 앞에 앉아 정리를 해보려고 하나씩 꺼내면, 버릴 원단은 하나도 없어 보였다. 이 원단은 이래서 예쁘니까 가지고 있어야 하고, 저 원단은 저래서 예쁘니 못 버리시겠다고.

어느 날은 걱정 한가득해 보이는 엄마 기분을 환기시켜드릴 겸 "엄마! 그 요르고스 란티모스 감독 영화 개봉했는데, 여자 주인공 옷이 너무너무 예뻐. 엄마 그 감독 좋아하잖아. 그거 볼래?" 했더니, 갑자기 기분이 업되서서 당장 보고 싶다고 하셨다. 엄마랑 내가 정말 좋아하는 영화 감독. 그래서 엄마의 최애 씨네큐브 영화관에서 〈가여운 것들〉을 예매했다. 영화가 끝나도 여자 주인공 옷의 레이스 라인과 컬러 등에 대한 이야기가 이어졌다. 어느새 원단은 잊어버리시고 영화 이야기를 신나게 하시는 모습에 나도 흐뭇해졌다. 다음 날, 옷감 장을 열면 심난해지시겠지만.

아직도 내 옷장에는 엄마가 만들어주신 옷들이 가득하다. 하나하나

펼쳐볼 때면 엄마와의 추억이 우르르 쏟아진다. 언젠가는 이 옷들이 너무 그리워져서 엄마가 옷감을 못 버리는 것처럼, 나도 그것들을 버리지 못하는 날이 오겠지. 생각난 김에 엄마 심심하실 때 시원한 파자마 바지 만들어달라고 해야겠다. 엉덩이에 리본 달지 말고.

이상하지만

귀엽고
재미있는

쇼핑을 즐기는 편은 아니다. 충동구매도 좋아하지 않고 품질 좋고 내 마음에 쏙 드는 아이템을 발견해서 구입하고, 오래오래 입는 것을 좋아한다. 그러나 아주 가끔씩, 정말 1년에 한두 번 생일 같이 희귀하게 무엇인가를 사야 할 것만 같은 날이 있다. 마치 귀신에 씌인 것처럼. 가령 호르몬의 영향을 받은 대자연의 날 근처라든지, 번아웃이 밀려왔을 때나 짜증나는 일로 세상에 반항하고 싶을 때라든지, 주관적으로 타당한 몇 가지 이유가 있는 날에 정말 홀린 듯 구입을 하게 되는 것이다. 그런 날이면 꼭 오래오래 입는 것과는 정반대로 실패템을 구입하게 된다. 충동적으로 사다 보니 성공한 적은 거의 없는 편이고, 그 실패 이유엔 대부분 이상하고 엉뚱한, 여러 이유가 담겨있다. 주변에서도 "이걸 너가 직접 샀어? 왜?" 하는 것들을 구입하고 정신 차려보면 미쳤지 싶지만, 시간이 지나 웃음도 난다. 언젠가 유행하지 않을까, 이런 것들이? 어처구니없는 아이템이지만 돌이켜보면 때론 재미있는 일탈이기도 하다.

그 재미있는 일탈로 기억하는 첫 아이템은 모자다. 프랑스에서 한국으로 짐을 싸들고 오자마자 처음 샀다. 가끔 여행 중에 산 옷이나 아이템을 꺼내보면 한국에서는 못 걸치겠고 이걸 왜 샀지 싶은 것들이 있다. 아직 프랑스의 삶이 씻겨지지 않을 때 그런 맥락의 모자를 구입한 것이다. 이 제품은 파리에 있는 프랑스 브랜드인데, 역사가 오래된 숍이고 모자가 멋져 보여 방문했던 적이 있다. 소문으로는 유명 연예인들이 다녀가 구입했고, 국내에서는 지디도 왔다 가서 화제가 되었던 핸드메이드 모자 브랜드다. 가격이 굉장했다. 그러던 어느 날, 자주 들락날락거리던 직구 사이트에서 이 브랜드의 모자를 세일해서 가격을 보니 말이 안되는 할인율이었다. 게다가 고급 울에 버건디색의 호피 무늬로 된 페도라. 한국에 온 지 얼마 되지 않아 적응하느라 기분이 조금 다운되어 있을 때라 구입할 핑계도 아주 적절했다. 결제 완료!

며칠 후에 도착한 택배는 상자부터 고급스러웠고, 모자의 색과 무늬는 사진보다 훨씬 예뻤다. 와인 컬러의 호피 무늬도 세련되었는데 소재가 울이니 얼마나 고급의 끝판왕인가. 그런데 그것이 모자였고 머리 위에 써야 하는 것이 문제였다. 난 일생일대 모자라는 게 어울려 본 적이 없는 동그란 얼굴을 가지고 있다. 머리둘레는 작은 편에 속하지만 숱이 아주 아주 아주 많아서 한 살 때도 네 살 언니들 모자를 쓰던 대두 김참새였는데, 모자에도 사이즈가 있다는 사실을 잊은 채 보지도 않고 주문한 것이다. 그제야 왜 이 모자가 안 팔려서 세일했는지 너무나 알 것 같았다. 착용을 해보니 역시 난 대두라서 머리가 조이다 못해 눈썹이 당겨 올라간다. 모자가 나랑 어울리는지 아닌지를 알아차리기 전에 이미 난 쇼핑 대실패를 알아차린다.

거실에서 티브이를 보고 계신 엄마 앞으로 모자를 쓰고 눈이 감기지 않은 채 나갔더니 그냥 단박에 박장대소하셨다. 이런 컬러에 호피라면 눈에 하트가 쏟아지시는 엄마도 그렇게 큰 웃음이라니, 내가 아직 한국에 온 걸 실감하지 못해 파리 느낌의 아이템을 샀구나, 머리가 큰 걸 잊고 사이즈도 안 보고 샀구나 싶어 반품을 해야 하나 고민했다. 겨울용 모자라서 코트랑 입어야 하는데 그렇게 입으면 어디 서커스에서 온 사람 혹은 〈은하철도 999〉의 철이 같았다. 차라리 울이 아니었다면 흰 티와 청바지에 써도 예쁠 텐데, 참 아쉽다. 그런데 이상하게 간직하고 싶다는 생각이 든다. 모자 자체가 작품 같아서 바라만 보아도 좋긴 하다. 그래, 그냥 갖고 있자. 사이즈는 조금 큰 공에 모자를 끼워두면 모자가 늘어난다고 해서 끼워뒀더니 더 이상 눈은 당겨지지 않았다. 세상 일은 아무도 모르는 것이니까, 언젠가 이 모자가 유행하는 세상도 오지 않을까.

두 번째 아이템은 원피스. 이 날도 내가 왜 갑자기 이걸 샀는지 모르겠다. 너무나 더워 불쾌지수가 머리끝까지 올라간 한여름이었다. 여름을 좋아하지만 습도는 싫어해서 벗고 다니면 딱 좋겠다 싶을 정도였던 어느 여름날, 에어컨 앞에서 인터넷을 보다가 우연히 빨간색 체크 원피스를 파는 직구 사이트를 발견했다. 엄청 시원해 보였다. 마치 누군가 청량한 바람을 불어주는 느낌이었달까. 에어컨처럼 시원해 보이는데 귀여운 빨간 체크에 길이감도, 통통족들을 위한 팔뚝 가리는 부분도 적당했고, 모델이 입은 모습마저 귀여워 구입했다. 원래 원피스를 잘 입지 않는데도 말이다.

며칠이 지나 문 앞에 놓여진 택배 박스가 이상하게 컸다. 이게 이렇게 큰 박스에 담길 옷이 아닌데 이상하다 싶어 얼른 뜯어보았다. 세상에, 나 두 명이 들어가도 될 만한 크기와 길이의 원피스다. 분명히 얘네가 잘못 보냈을 거야, 하며 사이트에 주문 내역을 확인해 봤는데 안타깝지만 정확히 보냈다. 사진과 달라도 이렇게 다를 수 있는 것인가. 이 나라는 이 사이즈가 M인가? 찾아보니 상세 사이즈는 없었고, 원피스를 입고 있는 사진 속 여성 모델의 키가 180이라는 것이다. 그렇게 된다면 커도 너무 큰 옷인데 이번엔 모델 사이즈를 확인 못 했네.

반품하기에는 가격이 저렴한 옷이라 동네 금손 수선집 사장님께 들고 갔다. 가방에서 옷을 한참 꺼내는 나에게 "그게 옷이야?" 하셨

다. "네, 옷이에요. 이걸 어쩌죠" 하며 펼쳤는데 사장님께서 한참 웃
으시며 이불인 줄 알았다며 이거는 원단 자체가 줄이기 힘들다고
하셨다. 주름도 많아 줄이게 되면 라인이 이상해질 것이라고. 이상
하게 입으려면 수선하는데 그래도 망가질 수 있어서 장담 못 하신
다는 말씀에 집으로 돌아와 정성스레 옷걸이에 걸었다. 그리고 벽
에 걸어놓고 한참을 바라보는데 그저 웃겼다. 난 뭐 이런 걸 샀냐.
그때 또 귀신 씌었었나? 그런데 뭐 혹시 아나, 내가 요즘 살이 무럭
무럭 찌고 있으니까 엄청 뚱뚱해져서 입을 수 있는 옷이 없어 슬퍼
하다가 이걸 발견해서 신나게 될지도 모른다. 아니면 대유행 시대
가 돌고돌아 이렇게 큰 옷을 청바지에 레이어드해서 입을 날이 올
수도, 동남아 같은 더운 여름 나라에 가면 누군지도 모르니까 그냥
미친 척 입고 동네를 쓸고 다녀볼까. 그렇게 이 옷도 옷장 속에 고
이 넣어두었다.

세 번째로 비교적 최근에 구입한 가방도 있다. 앞에 두 아이템과는
다르게 충동구매가 아님에도 결국 나의 실수로 인해 멍청템이 되
었다. 이 가방은 좋아하던 브랜드의 오래된 빈티지 라인이다. 중요
한 자리에 들고 다닐 가방이 필요해 찾아 보던 차에 발견했는데, 중
고 사이트에 가끔씩 나오는 구하기 힘든 것이다. 검정색이고 작은
원통형에 손잡이가 달린 가방이어서 중요한 자리에 들어도 괜찮을
것 같았다. 떡하니 나 어디 브랜드야! 쓰여있는 것을 좋아하지 않

는데 이 가방에 로고가 잘 안 보여 좋았다. 내가 가지고 있는 옷과 잘 어울리는지를 고민한 끝에 사기로 결정하면 늘 품절이 되어버려 기회를 놓치다가 어느 날 일본 사이트에서 이 가방이 올라온 것을 보았다. 홍콩이나 유럽 사이트에 올라온 것보다도 중고 상태가 특A급에 기스도 별로 없는 상태인데 가격도 괜찮았다. 무엇보다 이 일본 사이트에서 구입 경험이 있어서 굉장히 믿을 만했다. 그래 질러버리자.

며칠 후 도착한 박스는 이런 걸 걸레라고 하는구나 할 정도로 찢어져 여기저기 박스 테이프로 다시 밀봉된 상태였다. 심상치 않았다. 왜 이렇게 테러를 당한 것인가. 자세히 보니 다시 붙여진 듯한 테이프는 인천세관 테이프였다. 박스 안에 세관 통과 시 검사하기 위해 뜯어 보았다는 안내문이 담겨있는 것을 보니 열어서 확인하신 모양이다. 그래도 박스를 이렇게 뜯어 놓으실 줄이야. 조심조심 가방을 뜯어보는데 좀 이상했다. 아니 분명 사진에는 작은 가방이었는데 박스가 왜 이렇게 크지? 의문은 잠시 후 현실이 되었다. 이건 가방이 아니라 밥통인 느낌이다. 집에 있는 쿠쿠 밥솥과 크기며 둘레며 느낌이 아주 비슷했다. 그제야 깨달은 사실은 내가 사이즈를 확인하지 않았던 것이다. 마네킹 손에 들려있는 사진만 봤지 그 마네킹이 얼마나 크고 작은지, 가방 사이즈가 어떤지 제대로 확인도 하지 않고 산 것이다.

허허허, 밥솥을 들고 다니게 되었네. 뭐 지갑과 화장품 파우치는 물론이고, 라이카 카메라도 담기고 간식도 담긴다. 실용성 하나는 끝내주네! 또 계속 보니 괜찮아 보이기도 한다. 잘 어울리게 들어보면 될 것 같아 아직도 가지고 있다.

아, 네 번째는 퍼자켓도 있었네. 이 역시 모자와 비슷한 시기에 프랑스에서 온 지 얼마되지 않아 산, 대 실패작이다. 어느 날 엄마와 홈쇼핑을 보는데, 이런 아이템 하나는 있어야 한다고 하셨다. 빨강, 파랑, 초록, 검정의 퍼자켓. 지금은 이 컬러 나열만 해도 화들짝 놀라는데 그때는 왜 아무렇지 않았을까. 아무튼 점점 수량이 적어지면서 쇼호스트의 말이 빠르고 다급해진다. 나의 마음도 갑자기 다급해졌다. 홈쇼핑에서 처음 구입하는 것이라 떨렸으나 생각보다 구입 절차는 수월했다. 그렇게 파란색 퍼자켓이 나에게 날아왔다. 허리까지 오는 짧은 퍼인데 새파란색이다. 왠지 엄마 말씀도 그렇고 파리에서도 종종 사람들이 입고 다니던 걸 봤던 파랑 퍼여서 예쁠 것 같았는데, 여기가 한국이라는 걸 잠시 잊었나 보다. 입고 나갔더니 모두가 나를 쳐다본다. (지금 생각해 보니 나 같아도 쳐다봤을 것 같다.) 클래식하게 청바지와 운동화에 입으면 예쁘겠다 생각했지만 이 퍼의 기세는 절대 꺾이지 않고 혼자 독불장군으로 튈 대로 튀어버렸다. 그런데 퍼라서 따뜻한가? 그렇지도 않았다. 겨울에 입어야 할 옷인데 어디선가 바람이 숭숭 들어온다. 에코퍼라서 그런가보다. 그래도 언젠가 파란 퍼가 세상을 지배할 날이 오겠지 싶어 옷장에 잘 보관하고 있다.

그리고 내 발 사이즈에 두 배가 되는 신발, 잘 맞아도 입으면 걸어다닐 수 없는 치마처럼 웃픈 실패템들이 있다. 앞으로는 더욱더 오래 고민하고 꼼꼼히 살펴보며 구입해야지, 사이즈를 잘 확인하고 사야지 다짐해도 똑같은 일을 반복한다. 나는 왜 이럴까 하면서도 뭐 인생이 어디 내 마음대로 흘러가나 싶다. 흘러가다 보면 어디에 도착할지 모르는 그 예상치 못한 상황들이 재미있는 거니까.
난 아마 계속 이렇게 살게 될 것 같다. 먼 훗날 실패템으로 가득 찬 옷방에서 할머니인 내가 주섬주섬 옷을 찾고 있을 것 같기도 하고.
"아 30년 전에 샀던, 쓰면 눈 올라가는 그 호피 모자 어디 갔더라. 이 밥통 같은 가방은 뭐야, 아이고 허리야."

맺는 글

솔직히 패션 책 같은 거 쓰기 싫었다. 와, 이 글을 편집자는 정말이지 싫어하고 있을 것이다. 어쩌겠는가. 자유롭게 쓰라는 요청을 받았으니 자유를 마음껏 누리고 있을 뿐이다. 왜 패션 책을 쓰기 싫었을까. 패션이라는 단어를 입에 올리는 순간 세상 가볍고 하찮고 아무런 의미도 없는 단어인 것처럼 받아들이던 사람들에 둘러싸여 일한 적이 있는 탓이다. 사람들은 패션 없이 살 수 없으면서도 패션이라는 단어를 못마땅해한다. 어머니와 아내가 홈쇼핑으로 구입한 3종 세트 골프 폴로를 미학적 고민 없이 입어내는 것이야말로 나이든 남자의 진중한 행위라 생각하는 아재들과 일하다 보면, 당신은 이런 고민을 하지 않을 수가 없다. 아니, 나 너무 옷에 매달리는 거 아닌가? 이 나이가 되어서도 서른두 살처럼 옷을 입어도 괜찮은 걸까? (비밀: 가끔은 스물두 살처럼도 입는다.) 혹시 이 프라다 셔츠 삼각형 로고는 진지한 뉴스 미디어를 이끌 어른이 될 수 없다는 의미를 지닌 주홍 글씨가 아닐까? 별 바보 같은 고민을 했다. 그런 시절이 있었다. 그러니 내가 이 책을 마음껏 썼느냐, 그럴 리가. 솔직히 이 책을 쓰게 된 계기는 공저자 여러분 덕분이다. 누구보다도 패션 세계의 중심에 있으면서도 새 옷을 절대 사지 않는 김현성 작가 같은 사람의 글이라면, 나의 패션에 미쳐버린 고백을 충분히 중화해 주리라 믿었다. 그러니까 이 책은 패션에 미친 아재의 고백으로 끝나지 않을 운명이다. 얼마나 다행인가.

패션 만드는 사람들 중에서

김도훈

● **일러두기**

책은 『 』, 잡지는 「 」, 영화와 프로그램은 〈 〉로 표기했습니다.

패션 만드는 사람

1판 1쇄 인쇄 2024년 7월 11일
1판 1쇄 발행 2024년 7월 20일

지은이 김도훈 김현성 오유경 이민경 김참새
디자인 [★]규
제 작 제이오

펴낸이 김진희
펴낸곳 진풍경
등 록 제2021-000202호
문 의 zeenscene@hanmail.net

ISBN 979-11-979152-1-5 03810